[美]劳拉·英格斯·怀德 / 著

[美]伽斯·威廉姆斯 / 图

刘安琪 / 译

南来寒 / 主编

纽伯瑞儿童文学奖
获奖作品精选

15

梅溪岸边

南京大学出版社

图书在版编目(CIP)数据

梅溪岸边 / (美) 劳拉·英格斯·怀德著 ; 刘安琪
译. — 南京 : 南京大学出版社, 2020.9
(纽伯瑞儿童文学奖获奖作品精选 / 南来寒主编)
ISBN 978-7-305-23051-6

Ⅰ. ①梅… Ⅱ. ①劳… ②刘… Ⅲ. ①儿童小说—长
篇小说—美国—现代 Ⅳ. ①I712.84

中国版本图书馆CIP数据核字(2020)第044105号

出版发行　南京大学出版社
社　　址　南京市汉口路22号　　　邮　编　210093
出 版 人　金鑫荣
项 目 人　石　磊
策　　划　刘红颖

丛 书 名　纽伯瑞儿童文学奖获奖作品精选
书　　名　梅溪岸边
著　　者　〔美〕劳拉·英格斯·怀德
绘　　者　〔美〕伽斯·威廉姆斯
译　　者　刘安琪
主　　编　南来寒
责任编辑　洪　洋
助理编辑　王冠蕤
责任校对　曹思佳
终审终校　荣卫红
装帧设计　谷久文

印　　刷　山东润声印务有限公司
开　　本　889×1320　1/32　印张 6.675　字数 210千
版　　次　2020年9月第1版　2020年9月第1次印刷
ISBN 978-7-305-23051-6
定　　价　29.80元

网　　址：http://www.njupco.com
官方微博：http://weibo.com/njupco
官方微信号：njupress
销售咨询热线：(025)83594756

　　纽伯瑞儿童文学奖（Newbery Medal），又称纽伯瑞奖。1922 年由美国图书馆学会（American Library Association）的分支机构——美国图书馆儿童服务学会 (Association for Library Service to Children) 创设，旨在表彰那些为美国儿童文学做出杰出贡献的作者们。该奖每年颁发一次，专门奖励上一年度出版的英语儿童文学优秀作品。每年颁发金奖一部、银奖一部或数部。自设立以来，已评出数百部优秀的儿童文学作品。纽伯瑞儿童文学奖已成为美国乃至世界公认的儿童文学大奖。

内 容 简 介

　　明尼苏达州的大草原是个美景如画的地方，草原的不远处，有一条蜿蜒的小溪，人们叫它梅溪。溪水清澈见底，两岸种着婀娜多姿的柳树，劳拉一家在梅溪岸边盖了一座小木屋，在这里住下来。劳拉每天都去梅溪边玩耍，这里总有许多新奇的事物等着她去发现和探索。爸爸在梅溪边种下一片麦田，等到来年小麦丰收，他们就能过上更好的生活了。可是就在小麦即将收获的时候，整个明尼苏达州西部都遭受了严重的蝗灾，小麦颗粒无收，梅溪也干涸了，大草原上万物凋零，劳拉一家陷入了难以想象的困境。可是他们并没有灰心，为了养家和还债，爸爸去了遥远的东部打工，劳拉和玛丽一边努力学习，一边帮妈妈料理家务，每天都在盼着爸爸早日归来……

目 录

1. 地里有一扇门

马车慢悠悠地走在大草原上，留下两道淡淡的车辙。爸爸勒住缰绳，马车就在这里停下来。

车刚停下，杰克就从车轮的阴影里一跃而出，它伸出两条前腿，慵懒地趴在草丛里，鼻子抵在毛茸茸的前爪之间，让身体的每一个部位都得到放松，只有一双灵敏的耳朵仍时刻保持着警惕。

这些天以来，杰克整天都跟在马车后面奔跑，从印第安的小木屋出发，经过堪萨斯州、密苏里州、艾奥瓦州，一路跑到明尼苏达州。它现在已经明白一件事情，一旦车停下来，就要马上好好休息。

劳拉在马车里站了起来，玛丽也跟着站起来，她们在车里坐得太久了，双腿已经有点麻木了。

爸爸说："肯定是这里没错。从尼尔森家往上游走半英里①就到了，我们刚好走了半英里，小溪就在那边。"

劳拉看不到小溪，只看到溪边长满了茂盛的青草，还有远处的一排排柳树。微风徐徐，柳枝随风轻轻摆动，眼前是一望无际的大草原，青草在风中摇曳，宛如水面荡起了阵阵涟漪，一直延伸到天空尽头。

---

① 英里：是英制的长度单位。1 英里 = 1 609.344 米 = 1.609344 千米 =1.609344 公里。

爸爸边说边环视四周，说："那边好像有个牛棚，可是怎么没看到房子呢？"

突然，劳拉被吓了一跳，刚才四周连半个人影都看不见，不知从哪里冒出个人来，而且就站在马车旁边。他的头发是淡黄色的，一张红红的圆脸像极了印第安人，他的眼睛黯淡无光，好像得了病似的。杰克看到有陌生人出现，马上叫个不停。

爸爸大声说："杰克，别叫了！"然后对那个人说："请问，您是汉森先生吗？"

那个人回答："是的。"

爸爸放慢语速，大声问："听说您要去西部，并且打算卖掉您的土地，是吗？"

那个人仔细打量了马车一番，又看看佩特和帕蒂这两匹小马，停顿了一下回答："是的。"

爸爸跳下马车，妈妈对孩子们说："我知道你们早就坐得不耐烦了，到周围去活动一下吧。"

劳拉踩着车轮从车上爬下来，杰克看到也站了起来，可是没有爸爸的允许，它只好待在原地不动，眼睛却一直望着劳拉，看她沿着草原上的一条小路越跑越远。

和煦的阳光洒在绿草地上，小路穿过草地，一直通向河岸。走过绿草地，下面就是小溪，溪边绿柳成荫，溪水在阳光的照耀下，波光粼粼，唱着欢快的歌，叮叮咚咚地奔向远方。

走过河岸，小路转了个弯向下延伸，长满绿草的河岸从身后慢慢升高，好像一座高墙拔地而起。

劳拉小心翼翼地往下走，身后的河岸越升越高，最后完全挡住了她的视线，马车已经从视野中消失，唯有头顶蔚蓝高远的天空和脚下喃喃自语的溪流。劳拉一步一步继续向前走，小路的尽头出现了一块宽敞的平地，并且在这里又转了一个弯，下面有一排石阶通向小溪。接着，一扇门出现在劳拉眼前。

就在小路的拐角处，那个长满绿草的河岸上立着一扇门，它和普通房子的门没什么两样，可是门后却藏着一个位于地下的世界。

门关着，门前趴着两只恶狠狠的大狗，它们看见劳拉走过来，慢慢站了起来。

劳拉顺着小路，飞快地跑回马车旁边，她看到玛丽站在那儿，走过去悄悄地对她说："我发现地里有一扇门，还有两只大狗……"还没等她说完，就看到玛丽身后有两条狗朝这边追来。

杰克看到那两条狗，龇着牙发出阵阵低吼。

爸爸问汉森先生："那是您的狗吗？"汉森先生转身对它们说了几句话，劳拉根本听不懂他在说什么，不过那两条狗却听懂了，一前一后跨过河岸溜走，最后消失不见了。

爸爸和汉森先生慢慢向牛棚走去，那间牛棚不大，也不是圆木盖成的，四周的墙上和房顶上都长满了野草，轻轻地随风舞动着。

劳拉和玛丽留在马车附近，杰克陪在她们身边，草原上的绿草在微风中摇曳，黄色的花朵冲她们点头微笑；活泼的小鸟时而在空中盘旋，时而藏入绿草之间；广阔的天空犹如高耸的穹顶，在遥远的草天相接处形成一个完美的弧形。

爸爸和汉森先生回来时，她们听到爸爸说："好的，汉森先生，我们明天到镇上办手续，今晚我们在这里露营。"

汉森先生立刻应允："没问题！"

爸爸催促玛丽和劳拉快点上车，然后驾车离开了大草原。他告诉妈妈，他用佩特和帕蒂换来汉森先生的耕地，用邦尼——那匹杂交小马，还有这辆

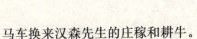

马车换来汉森先生的庄稼和耕牛。

他把佩特和帕蒂的缰绳解开，带它们到溪边饮水，然后又把它们拴好，接着帮妈妈准备晚上的露营。劳拉一路上沉默不语，到了傍晚，全家围坐在篝火前吃晚饭，她既没有心情玩耍，也没有胃口吃东西。

爸爸说："卡罗莱，这是我们最后一晚在外面露营，我们明天就有新家了，房子就在溪边。"

妈妈说："哦，查尔斯！那不是个地洞吗，我们可从没在地洞里住过。"

爸爸对她说："依我看，地洞里一定非常整洁，挪威人喜欢干净。冬天就要到了，住在地洞里会很舒服的，那里面很温暖。"

妈妈点点头，说："是啊，能在飘雪之前安定下来的确很好。"

"等我种的小麦丰收了，咱们就能换个好房子了。到时候我还要再买几匹马，说不定还能买辆马车呢。卡罗莱，这里太适合种小麦了！土地肥沃，地势平坦，没有树木和岩石的阻碍。我实在不懂，汉森先生为什么只种了那么一小块地，若不是遇到了旱季，那就是汉森先生根本不会种地，他种出来的小麦又瘦又轻。"

佩特、帕蒂和邦尼正在旁边吃草，虽然那里光线很暗，却没有影响它们吃草的好心情。它们吃得津津有味，一边咀嚼，一边凝视夜空中闪闪的星光，悠闲地来回摆动着尾巴，对主人已经把它们卖掉的事全然不知。

劳拉七岁了，已经是大姑娘了，她不能哭。不过，她还是忍不住地问："爸爸，你已经把佩特和帕蒂卖给他了，是吗？"

爸爸将她紧紧搂入怀中，柔声地说："哎呀，我的小不点，佩特和帕蒂喜欢旅行，它们是小印度马，耕地对它们来说太辛苦了。它们能到西部去旅行，一定会更高兴的，你也不想留下它们，看着它们因为耕地而心碎吧。佩特和帕蒂会继续旅行，而我有了那头大公牛，就可以开垦出一大片耕地，到了明年春天再种出一片麦田。

"劳拉，若是小麦大丰收，我们就能赚到更多的钱。到那个时候，我们要买马和新衣服，你想要什么都可以。"

劳拉没说话，爸爸的拥抱让她感觉好多了，可是她什么也不想要，只想留下佩特和帕蒂，还有那只叫邦尼的长耳朵小马。

2. 地洞小屋

第二天一大早，爸爸帮忙把车棚装到汉森先生的马车上，然后，他们把所有东西都从地洞里搬了出来，抬到河岸旁，最后装上马车。

汉森先生也要帮爸爸把东西搬进地洞里，但是妈妈说："查尔斯，我们的东西等你回来再搬吧。"

于是，爸爸把佩特和帕蒂套上汉森先生的马车，又把邦尼绑在车后，和汉森先生一起驾车去了镇上。

劳拉目送佩特和帕蒂渐渐远去，不禁眼含泪水哽咽起来，佩特和帕蒂弓起脖子，柔顺的鬃毛和尾巴在风中飘动，它们欢快地离开了，却不知道自己再也不会回来了。

潺潺的小溪穿过柳树林，一路喃喃地吟唱着蜿蜒而下，微风从草尖拂过，吹得小草弯下了腰。太阳高高地挂在空中，投下一片明媚的阳光，马车四周是空旷无边的大草原，广阔的空间勾起无限遐想，让人们不禁想要去探寻未知的世界。

劳拉先给杰克解开绳索，因为它一直被拴在车轮上，汉森先生的两条狗走了，它终于可以随心所欲地跑来跑去。它高兴得跳到劳拉怀里，伸出舌头舔她的脸蛋，把她痒得一屁股坐在地上。转眼间，杰克已经沿着小路跑远了，劳拉站起来在它身后追赶。

妈妈抱起凯莉，说："玛丽，来吧，我们去参观一下那个地洞。"

杰克先到达门口，门开着，它朝里面望了一眼，然后乖乖地等着劳拉。

大门四周长着绿色的藤蔓，长长的藤条一直向外攀到河岸的绿草地上，藤蔓上开满鲜花，有红的、蓝的、紫的，还有桃红和白色相间的，朵朵花儿争相开放，吐露芬芳，仿佛在唱着一首歌颂清晨的赞美诗，这些可爱的"小喇叭"叫牵牛花。

劳拉走过这些唱着歌的"小喇叭"，进入地洞，里面只有一个房间，四周都是白色的，墙壁十分光滑，而且已经粉刷过，地板铺得平稳又结实。

妈妈和玛丽站在门口，挡住了光线，让里面显得有些昏暗。门旁边有一扇小小的油纸窗，可是这堵墙实在太厚了，光线只能照到窗口附近。

门口的那堵墙是用草皮做成的，汉森先生在河岸下面挖出这座房子，然后从大草原上弄来草皮，把草皮切成一条一条的，再挨个贴在墙上，这样草

皮墙就做好了。这堵墙实在太棒了，不但很厚实，而且一丝缝隙也没有，把寒风严严实实地挡在墙外。

妈妈高兴极了，她说："这里虽然有点小，但是既干净又舒适。"说完，她抬头看着天花板，喊道："快看，孩子们！"

天花板是用干草铺成的，干草下面兜着一张网，这张网是用柳枝条纵横交错地编织而成的，从网缝中依稀可见铺在上面的干草。

妈妈赞叹地说："真不错！"

大家沿着小路走上河岸，恰好站在屋顶上，没人能想到下面竟然会藏着一座房子，这里绿草遍地，小草在风中摆动，与河岸上的草地没有什么两样。

妈妈惊叹地说："天哪，任何人都可能从这里经过，但是不会有人发现它的。"

可是，劳拉好像发现了什么问题，她弯下腰，用手扒开草丛，大声叫道："烟囱口在这里！快看，玛丽！快看呀！"

妈妈和玛丽停下脚步，凑过来观看；凯莉听到喊声，从妈妈怀中探出头，好奇地张望着；杰克也冲了过来，她们顺着烟囱往下看，一直看到草地下面这座粉刷过的房子。

她们正望得出神，突然听到妈妈说："我们把房间整理一下，在爸爸回来之前，把我们拿得动的东西先搬进去。玛丽和劳拉，你们去打些水来。"

玛丽拎着大水桶，劳拉拎着小水桶，她们又一次沿着小路向下走去。杰克跑在最前面，蹲在门口等着她们过来。

妈妈从角落里找出一把用柳枝捆成的扫帚，仔细地掸去墙上的灰尘。玛丽在一旁看着凯莉，以防她不小心掉进小溪里，劳拉独自拎着小水桶走到河边打水。

她蹦蹦跳跳地走下石阶，又跨过小溪，来到小桥的尽头。所谓的小桥，不过是一块宽宽的厚木板，木板的另一头搭在柳树下面。

河边长满高大挺拔的柳树，柔嫩如丝的柳枝随风起舞，轻盈地荡向空中，它们周围还有几棵小树正在努力生长。茂密的柳林在对岸洒下一片绿荫，林中气候凉爽，因为缺乏阳光的照射，这里的土地上连一棵小草也没有。沿着小径穿过树林，有一股清凉的泉水流入小池中，又从小池中流淌而出，汇入小溪。

劳拉装满水桶，沿着原路返回，她走过阳光充足的小桥，再爬上石阶，最后回到地洞门口，把水倒入门边板凳上的大水桶里。就这样，劳拉来来回回地不停忙碌着。

劳拉又帮着妈妈，把她们搬得动的东西从马车上一样一样搬下来，当爸爸兴高采烈地回来时，她们几乎已经把所有东西都搬进了地洞里，爸爸带回来了一个小锡炉和两根烟囱管。

他放下手中的东西，说："哎哟！还好我带着它们只走了三英里。卡罗莱，镇上离这里只有三英里，散散步就到了！汉森先生已经启程去西部了，这里属于我们了，你喜欢吗？"

妈妈说："我很喜欢，但是，床的问题怎么解决？我可不想睡在地上。"

爸爸说："这有什么？我们不是一直都睡在地上吗？"

妈妈说："那可不一样，在房子里，我可不喜欢睡在地板上。"

爸爸说："好吧，这个很好办。今晚，我先砍些柳枝铺成床，等到明天，再找一些笔直的柳木，把它们做成床架。"

他拿起斧子，吹着口哨出去了。他走过屋顶，从另一边的斜坡走下去，来到了小溪边，斜坡下面是一个小山谷，在山谷中的溪水边，密集地长着一排柳树。

劳拉一溜烟儿追到爸爸身后，上气不接下气地说："爸爸，让我帮你搬吧。"

爸爸低头看着她，眼睛一亮，说："太好了，一个人做事的时候，没有什么比得到帮助更开心的了。"

爸爸经常说，如果没有劳拉，他都不知道怎么办好了。在印第安准州的时候，劳拉就帮过爸爸给木屋做了一扇门，现在，她又帮爸爸把长满树叶的柳树枝搬进地洞里，然后他们又一起去了牛棚。

牛棚里的四面墙都是草皮墙，屋顶上铺着柳树枝和干草，干草上又盖了一层草皮。这里实在太矮了，爸爸站起来的时候，头就能碰到屋顶。里面有一个柳木围成的饲料槽，旁边拴着两头公牛，其中一头体型庞大，浑身呈灰色，长着一对短小的犄角，目光温顺；另一头则截然不同，虽然它的体型略小，但是一对长角利如刀锋，两只眼睛露出狂暴、野蛮的目光，一身棕红色的毛光滑明亮。

爸爸向它们打招呼，问道："你好，布莱特，还有皮特，你好吗？"他走到那头大一点的公牛面前，把手放在牛背上，轻轻拍了几下。

爸爸提醒劳拉，说："劳拉，你靠后站，当心它们攻击你，我们带它们去饮水。"

他把绳子往牛角上一绕，牵着走出牛棚，两头公牛慢吞吞地跟在爸爸身后，沿斜坡而下，踏上一条水平的小路，走过绿油油的灯芯草，来到平坦的小溪边。劳拉慢悠悠地走在它们后面，一边走一边饶有兴趣地观察前面的两个大块头。只见它们四肢粗壮，如同柱子一般，走起路来十分笨拙，瓦盆大的蹄子从中间分裂成两瓣，鼻子又宽又扁，黏糊糊地喘着气。

两头牛喝完水后，爸爸又把它们牵回牛棚，劳拉在外面耐心等着，等爸爸把牛拴好，两人一起朝地洞走去。

劳拉低声问："爸爸，佩特和帕蒂真的想去西部旅行吗？"

爸爸温柔地告诉她："劳拉，是这样的。"

劳拉又说，声音不禁有些颤抖："爸爸，我不喜欢牛。"

爸爸牵起劳拉的手，把她柔软的小手握在自己宽厚的手掌中，耐心地安慰她说："劳拉，当我们必须要做一件事的时候，唯有尽力做到最好。抱怨没有任何用处，我们只能愉快地完成它。总有一天，我们还会有马的。"

劳拉疑惑地问："爸爸，要等到什么时候？"爸爸回答："等到我们种下的小麦第一次丰收的时候。"

话音刚落，他们便走进地洞里。妈妈笑着迎接他们，玛丽和凯莉已经梳洗干净，她们把家里收拾得整整齐齐。柳枝床也铺好了，桌上还摆着香喷喷的晚餐。

晚饭过后，一家人坐在门前的小路上。爸爸和妈妈搬来箱子坐下，凯莉懒洋洋地依偎在妈妈的膝上，昏昏欲睡；玛丽和劳拉干脆直接坐在坚硬的路面上，把腿悬在路边；杰克来回转了三圈，最后把头倚在劳拉的膝上，打起盹来。

大家安静地坐着，欣赏梅溪四周的景色和茂密的柳林，望着西边的夕阳缓缓沉下去，把最后的光芒洒向大草原，一点点消失在天尽头。

最后，妈妈感叹地说："这里的一切都是那么平和与安宁。今晚，不会有狼嚎和印第安人的咆哮，我已经很久没睡过一个安稳觉了。"

爸爸缓缓地回答："我们当然很安全，这里不会发生什么危险的事。"

晚霞映红了天边，显出一片安详宁静之色。在静谧的暮色中，柳树轻轻地呼吸，小溪喃喃自语地流淌，灰暗笼罩着大地，黑色的夜空中挂满亮晶晶的星星，它们好像一个个精灵，顽皮地眨着眼睛。

妈妈柔声提醒大家说："该睡觉了。总之，这里的一切都让我们感到新鲜，我们从来没在地洞里睡过觉呢。"说完，妈妈抿着嘴笑了，爸爸也跟着轻声笑起来。

劳拉躺在床上，耳边传来哗哗的流水声，还有柳叶沙沙的低语，她想，自己宁可睡在门外，听着狼嚎声入睡，也不愿意安稳地睡在地洞里。

3.灯芯草和菖蒲

每天早晨，玛丽和劳拉洗完餐具，叠好被子，再把地板打扫干净后，就可以到外面玩耍了。

门前的牵牛花娇艳欲滴，一朵朵花蕾从绿叶下拼命探出头来，迎着早晨的阳光绽放。小鸟在梅溪上空飞来飞去，它们成群结队，热闹极了，有时是一只小鸟独唱，但更多时候是一群小鸟聊个不停。只听这边一只叫着"吱吱吱"，那边一只回应"喳喳喳"，突然，不知从哪里又传来一阵"叽叽叽"，好似笑声一般。

劳拉和玛丽从屋顶走过，沿着小路向下走，每次爸爸牵牛去喝水都会经过这条小路。

溪水边到处都是灯芯草和开着蓝色花朵的菖蒲。每天早晨，菖蒲都会开出新花，蓝色的花朵高高昂起，骄傲地站在灯芯草汇成的绿色海洋中。

菖蒲开出的蓝色小花，每一朵都有三片花瓣，丝绒一般的花瓣向下弯曲，宛如套在裙撑上的女士礼服。三片起褶的花瓣如丝般光滑，从菖蒲腰间向上伸出，又弯曲成一团。劳拉低头看去，只见花瓣里长着三根细长的白色花蕊，每根花蕊上都有一根金色绒毛。

偶尔有一只胖乎乎的大黄蜂钻入花朵，吮吸着香甜的蜂蜜，它毛茸茸的身子上面有和老虎一样的条纹，还会发出嗡嗡的声音。

岸边的泥地非常平坦，踩上去温暖又柔软，淡黄色和淡蓝色的小蝴蝶在花间飞舞，一会儿在这朵花上停一停，一会儿到那朵花上站一站。蜻蜓从水上滑过，飞快地扇动着透明的翅膀，根本看不清它在动。劳拉和玛丽在泥地里互相追逐，柔软的泥巴从劳拉脚趾间冒出来，劳拉和玛丽牵着公牛走过泥地，留下的脚印变成一个个小水洼。

她们刚走入溪水中，脚印就消失不见了，脚下先是出现一个漩涡，像烟一样升起，然后消失在水波中。接着，脚印开始渐渐褪去，脚趾的部分不见踪迹，只有脚后跟踩下的地方变成了一个小坑。

小溪里有一群鱼，它们实在太小了，几乎看不见踪影，只有当它们迅速游过水面时，才能看到一闪而过的银光。若是劳拉和玛丽站在水中不动，小鱼就会聚集在她们脚边，一口一口地咬她们的小脚，弄得她们痒痒的。

水面上有水虫在滑行，它的腿又细又长，虫脚在水面上划出一道淡淡的痕迹。人眼很难捕捉到它的身影，因为它滑行的速度太快了，你还没来得及看清楚，这个小东西早不知跑到什么地方去了。

一阵风吹过，灯芯草发出低沉的簌簌声，它们不像小草那样柔软、平淡无奇，它们的根茎呈坚硬的、细长的圆柱形，表面圆滑光亮，一节一节地向上生长。有一天，劳拉来到溪水深处，这里长满了灯芯草，她抓住一根又粗又壮的灯芯草，想把自己拉上岸去，没想到这根灯芯草突然传出吱吱的声响。劳拉大吃一惊，几乎不能呼吸，她又拽了旁边的灯芯草，它也传出吱吱的声响，并且断成了两截。

其实，灯芯草是由许多小空心管一节又一节连接而成的，每当有人拉扯它们时，这些小管子就会发出吱吱的声响。

劳拉和玛丽感到十分有趣，不停地拉扯灯芯草，听它们发出吱吱声。她们把一节节小管子串起来，做成项链挂在脖子上；又把粗一些的管子接到一起，拼得长长的，再把它们插进小溪里，咕嘟咕嘟地吹出好多泡泡。她们对着小鱼吹，吓得鱼群四散奔逃，当她们感到口渴时，便用这些小管子吸上一大口水来喝。

　　傍晚，劳拉和玛丽回来吃晚饭，妈妈看到姐妹俩走进门，笑得直不起腰来。原来她们身上满是水渍和泥点，脖子上挂着绿色的项链，手里还握着长长的绿管子，她们还不忘给妈妈带回一束蓝色的菖蒲花，妈妈非常喜欢，把它们摆在桌上。

　　妈妈说："我的宝贝们，你们整天在小溪里玩耍，早晚会变成两只小水虫！"

　　无论她们在小溪里玩上多久，爸爸妈妈都不会生气，但是他们从不允许姐妹俩走过长满柳树的山谷，到小溪的上游去。小溪的上游有个大坑，溪水从那里转而流入坑中，形成一个深不见底的水潭。她们不可以靠近那个水潭，哪怕是看一眼也不行。

　　爸爸向姐妹俩保证，说："总有一天，我会带你们去那儿看看的。"一个星期六的下午，爸爸告诉她们，这一天终于到了。

4. 深水潭之旅

地洞里，劳拉和玛丽将身上的衣服脱掉，换上打着补丁的旧衣服，妈妈戴上太阳帽，系好帽带，爸爸抱起凯莉，一家人准备出发了。

他们走上牛儿每天去喝水的小路，路过灯芯草丛，又穿过长满柳树的山谷和梅林。沿着陡峭的、绿草青青的河岸走下去，再经过一片荒草丛生的大地，一面高大的、笔直的土墙映入眼帘，高墙上光秃秃的，寸草不生。

劳拉好奇地问："爸爸，前面那个是什么？"爸爸回答："劳拉，那是高地。"

爸爸走在最前面，他拨开又高又密的杂草，为妈妈、玛丽和劳拉开路。就这样，他们终于走出高草丛，小溪就在眼前。

溪水夹杂着白色的沙石蜿蜒而下，在地势较低的河岸处转了个弯，流入一个宽阔的水潭中，岸边点缀着毛茸茸的绿草，远望去好似为大地铺上了一层厚厚的绒毯。水潭的另一边是一棵棵高大挺拔的柳树，柳树弯下身子，将柳枝垂入水中，细长的绿叶随着柳枝来回摆动，在波光粼粼的水面上映出美丽的倒影。

妈妈和凯莉在岸边的绿草地上坐下，看着劳拉和玛丽在水潭中玩耍，同时提醒她们，说："孩子们，你们就在浅水区玩耍，别去水深的地方！"

她们走入水中时，溪水从裙底涌上来，让裙摆浮在水面上。不知不觉中，劳拉越走越深，水也越升越高，眼看就要升到她的腰间，她向下一蹲，水就没到了下巴。

劳拉浑身上下都湿透了，不禁打了个冷战。她看着上下浮动的水面，突然感到身体变得很轻，双脚也无法站稳，整个人都要浮起来了。她兴奋地跳起来，双臂不停拍打着水面。

玛丽大喊："天哪，劳拉，别那样！"

妈妈也大声命令道："劳拉，不许再往里面走了。"

劳拉好像没听见一样，继续挥动着手臂。突然，她用力一拍，双脚竟然浮了起来，她连忙挥动双臂慌乱地挣扎，身体却不断下沉，最后完全陷入水中。劳拉吓坏了，她想伸手抓住东西，可是什么也没抓到，她猛地站起身，浑身上下都湿透了，不过万幸的是，她稳稳地从水里站了起来。

没有人注意到这个惊险时刻，玛丽正在摆弄裙子，妈妈在草地上陪着凯莉玩耍，而爸爸消失在柳林中，不知到哪里去了。劳拉越走越快，一步一步向更深的地方走去，水已经没过她的胸，就要到肩膀了。

突然，在潭水深处，她的一只脚被什么抓住了。

不知是什么将她使劲拉入水中，她无法呼吸，连眼睛也睁不开。她又伸出手乱抓一气，但是像上次一样一无所获，她的耳朵、眼睛和嘴里灌满了水。

这时，劳拉感觉有人把她托出水面，她定睛一看，竟然是爸爸。

"哈，小丫头，你走得太远了，感觉怎么样？"

劳拉大口地喘着气，一句话也说不出来。

"妈妈不是让你不要到水深的地方吗？怎么不听话呢？这次呛水是对你的惩罚，下次要听话。"

劳拉结结巴巴地说："知……知道了，爸爸！嗯，爸爸，请……请你再做一次吧！"

"哈哈，我……"爸爸还没说完就大笑起来，笑声在柳林中回荡。

爸爸问劳拉："我抓住你的时候,你为什么没有大喊呢?是吓坏了吗?"

"我真的吓……吓坏了!但是,你……你能再做一次吗?"劳拉深吸一口气,继续问,"爸爸,你怎么会在这里?"

爸爸告诉劳拉,他是从柳林那边潜水游过来的。这儿的水太深了,他们不能一直这样站着,于是两人一同走向岸边,和玛丽一起做起游戏来。

整个下午,爸爸、劳拉和玛丽一直在水里玩耍,他们互相追逐着,在水里奔跑。每当劳拉或玛丽跑到深水区,爸爸就把她按到水中以示惩罚。玛丽是个听话的好孩子,她只被呛了一次就再也不敢了,可是劳拉却很调皮,被呛了好几次。

该回家去干杂活儿了,他们只好动身往回走,每个人身上都湿漉漉的。他们沿着小路一直走,穿过了深草丛,来时看到的高地又出现在眼前,劳拉很想爬上去,看看上面是什么样子的。

爸爸先爬上去,再拉劳拉和玛丽上去。他们往上爬的过程中,不断有干燥的泥土块滚落下来,还有一团团草根落到每个人的头上。最后,他们终于都爬了上去。

这个地方就像一张桌子,高高地矗立在茂盛的深草丛中,它的顶部又平又圆,上面铺着一层矮小、柔软的青草,与下面的草丛形成鲜明的对比。

爸爸、劳拉和玛丽站在高地上向远方眺望,从一望无际的大草原望到草原另一面的深水潭,美妙的草原风光向四面八方延伸,一直到绿草与蓝天相接的地方。

赏过美景,爸爸带着姐妹俩小心地从高地上滑下来,继续向家的方向走去,这真是个精彩而又难忘的下午。

"孩子们,我们今天玩得很开心。但是你们千万要记住,除非我陪在你们身边,否则绝对不要靠近那个深水潭。"

5. 奇怪的野兽

第二天，劳拉一整天都在胡思乱想。她想念柳荫下那个冰凉深邃的水潭，可是她更记得爸爸的叮嘱——绝不能独自靠近那里。

爸爸出门了，玛丽和妈妈留在地洞里，只有劳拉独自一人在艳阳下玩耍。蓝色的菖蒲花已经渐渐枯萎，它周围的灯芯草也变得黯淡，失去了光泽。劳拉走过长满柳树的山谷，在大草原上边走边玩，身边是一大片绽放的金光菊花海，火辣辣的太阳挂在空中，连风中也带着一丝热气。

劳拉忽然想起了高地，她真想再爬上去看看，但是她不确定靠自己的力量究竟能不能爬上去，爸爸又没说不许她去高地。

她沿着崎岖的河岸一路奔跑，经过低地，穿过深深的荒草丛，最后在陡峭的高地前面停下来。这么高的地方，想要爬上去真不是一件容易的事情，劳拉用双手紧紧抓住小草，她顾不得已经弄脏的裙子，用膝盖顶住峭壁，一步接一步艰难地向上爬，干燥的泥土块儿不停地从她脚下滑落。不一会儿，她已经累得满身大汗，灰尘落到皮肤上，弄得她浑身不自在。不过，经过一番努力，她的肚子已经贴到高地顶端的边缘，她用尽力气向上一滚，终于爬上了高地顶端。

劳拉高兴得又蹦又跳，她终于又看到了深水潭，那里杨柳依依，绿水荡漾，一定十分清凉舒爽。她突然感到嗓子一阵干渴，这时耳边却响起爸爸的叮嘱，绝对不能到那里去。

高地上空旷一片，什么有趣的东西也没有，昨天劳拉和爸爸一起爬上来时，明明觉得很兴奋，可是现在这里不过是一片空地而已。劳拉觉得嗓子干得就要冒烟了，现在她只想赶快回家喝水。

想到这里，她迅速从高地的斜坡上滑下来，沿着原路往回走。她走在深深的草丛里，觉得又闷又热，几乎喘不过气来。此时，在劳拉眼里，地洞的家好似远在天边，而她又实在太渴了。

劳拉在心里拼命地告诫自己——不能去深水潭，不能去深水潭。然而就在一瞬间，所有努力化为泡影，她突然转身朝深水潭的方向飞奔而去，心想："我只要看一眼就好，只要看一眼就心满意足了。"再转念一想："也许我可以在岸边玩一会儿，不下水就没问题的。"

她跑到爸爸昨天开辟出来的小路上，没有了荒草的阻挡，她不禁加快了奔跑的速度。

突然，劳拉发现，前方的小路中央，有一只野兽挡住了去路。

她大吃一惊，急忙向后跳了一步，一动不动地站在原地，两只眼睛紧紧盯着它。她从未见过这种野兽，它的身子差不多像杰克那般长短，长着短小的四肢，从头到尾长着一身灰色的长毛，像一根根小针立起来。这只长相奇特的野兽，竖起圆圆的小耳朵，歪着扁平的脑袋，也好奇地看着劳拉。

劳拉又看向它那滑稽的小脸，就在他们互相观察的时候，野兽突然开始变形。它躺在地上，身体变得又短又宽，而且越来越平，最后竟然变成一张灰色的兽皮铺在地上，要不是一双眼睛依然盯着上方看，根本看不出它是一只野兽。

劳拉一点点弯下腰，小心翼翼地捡起一根柳树枝，这样让她觉得安全很多。于是，她手里握着柳树枝，壮起胆子弯下腰，看向那只变成兽皮的野兽。

野兽一动不动，劳拉也一动不动，她好奇地想："要是用树枝捅一捅它，会怎么样？说不定它会变成其他形状呢。"她心中带着这样的疑问，真的用树枝轻轻捅了野兽一下。

野兽立即发出一阵可怕的号叫声，让人听了毛骨悚然，它的眼中闪烁着愤怒的目光，露出可怕的牙齿扑向劳拉，险些咬到劳拉的鼻子。

劳拉吓得拔腿就跑，她原本就跑得很快，现在更是拼命飞奔，一步也不敢停地跑回地洞里。

妈妈看到劳拉跑进来，吃惊地说："我的天哪，劳拉！这么热的天，像你这样到处乱跑会生病的。"

一整天，玛丽都像个小淑女一样坐在家里，跟着妈妈学习认字，她不像劳拉那样调皮，是个听话的乖孩子。

劳拉觉得自己是个坏孩子，因为她违背了对爸爸的承诺。可是有人看见

吗？没有，没有人知道她想去深水潭，只要她不说，永远不会有人知道。只有那个奇怪的野兽知道劳拉的小秘密，但是它不会向爸爸告状，可是劳拉的自我安慰没有丝毫作用，她心里越来越觉得愧疚。

当天晚上，劳拉躺在玛丽身边怎么也睡不着，爸爸妈妈坐在屋外，在平静祥和的星空下，爸爸正在拉着小提琴。

妈妈温柔地说："劳拉，快睡吧。"外面传来柔和的乐声，月光在夜幕下透着一丝朦胧，映出爸爸的身影，他手中的琴弓在星光中轻柔地舞动。

一切都是那么美好，只有劳拉心中思绪万千，她没有遵守和爸爸的约定，就像个说谎的孩子一样。她多希望这件事从来没有发生过，但是很不幸，她确实这么做了，如果爸爸知道了，一定会惩罚她的。

爸爸在星空下继续为女儿们演奏，琴声委婉连绵，犹如山泉从幽谷中缓缓流淌。在爸爸心中，劳拉是个好孩子。她再也忍受不了这种煎熬，于是穿着睡衣、戴着睡帽下了床，光着脚轻轻地走过冰凉的泥土地板，来到爸爸身边。爸爸演奏完最后一个音符，低下头微笑地看着她，问道："什么事，小不点？你穿着雪白的睡衣站在黑暗中，真像个小精灵。"

劳拉张开口，声音有些颤抖，说："爸爸，我……我差一点就去了深水潭那里。"

爸爸高声问："你说什么？"接着他缓和了一下语气，又问："好吧，为什么又没去呢？"

"我遇到了一只从没见过的野兽，一身灰色皮毛，还会变得非常扁平，后来它还冲着我咆哮。"

爸爸问："它有多大？"

劳拉把事情一五一十地讲了一遍。

爸爸听完，说："那一定是只獾。"

劳拉等着爸爸继续说下去，可是过了很长时间，爸爸也没有开口。因为光线太暗了，她看不清爸爸的脸，但是她靠在爸爸的膝上，能感受到他是那么强壮，同时又那么慈祥。

爸爸叹了一口气，终于开口说："劳拉，我不知道怎么办才好，你知道我很信任你，对一个不能信任的人，我不知道如何是好。不过，你知道人们会对不信任的人做什么吗？"

劳拉小声问："做什么？"

爸爸回答："他们会监视他，所以我也要监视你。我明天要到尼尔森家里工作，就让妈妈替我监视你。明天，你要留在妈妈的视线范围内，一整天都要这样，如果你明天一直都很听话，我们会重新信任你。"

说完，他转身问妈妈："卡罗莱，你说呢？"

妈妈站在黑暗中回答："查尔斯，这样很好。我明天会好好看着她，保证她会很听话。劳拉，该回去睡觉了。"

第二天过得十分沉闷无聊。

妈妈正忙着补衣服，劳拉也只好留在地洞里，她不能去打水，因为那样的话，妈妈就看不到她了。玛丽先替劳拉去打水，然后领着凯莉到大草原上散步，而劳拉哪儿也去不了。

杰克把鼻子放在前爪上，对着劳拉摇尾巴，在门前的小路上蹦来跳去，然后竖起耳朵看着劳拉，仿佛在说："快出来，一起玩吧。"它不明白劳拉为什么还不出来。

劳拉帮妈妈做了很多家务活，她洗碗、叠被、扫地，还摆了桌子。吃饭的时候，劳拉无精打采地坐在长凳上，低头吃妈妈夹给她的食物。吃完饭，她又把盘子洗好，一会儿还要帮妈妈缝补床单。有一张床单的中间部分有些磨损，妈妈把棉布条翻过来，用针别好，然后让劳拉沿着新的接缝，一针一针缝起来。

劳拉觉得这张床单怎么也缝不完，正如这漫长的一天怎么也看不到头。

到了吃晚饭的时候，妈妈终于收起了手上的工作，对她表扬道："劳拉，你今天表现得很好，等爸爸回来我们再告诉他。明天早上，你陪我去找一找那只獾，是它救了你，否则你可能会淹死。如果你真的到了深水潭，肯定会下水的。你只要下去一回，就会有第二回、第三回，迟早有一天会酿成大祸。"

劳拉小声地回答："妈妈，你说得对。"她已经知道错了。

这一天终于过去了，劳拉既没有看到日出，也没有看到云朵在大草原上投下的影子，牵牛花凋谢了，蓝色的菖蒲花也枯萎了。这一整天，劳拉没听到小溪叮叮咚咚唱着欢乐的歌，错过了在水中追逐嬉戏的小鱼，也没看到从水面上滑行的水虫。她终于体会到被人监视的痛苦滋味，远比不上做个听话的好孩子那样快乐。

第二天，她和妈妈一起去找獾，她们来到那条小路上，劳拉把獾出现的地方指给妈妈看，并且解释说："它就躺在那里，变得又扁又平。"妈妈找到了獾的洞穴，洞口是圆的，就藏在岸边的草丛下面。劳拉站在洞口叫了几声，然后捡起树枝向洞里捅了又捅。

即使那只獾真的在洞里，它也不会出来的。从那以后，劳拉再也没见过那只一身灰毛的老獾。

6. 玫瑰花环

　　大草原上有一块灰色的大石头，就在牛棚的对面，石头周围有小草和花朵环绕，草儿随风舞动，花儿点头歌唱，让它看起来就像一座从花草丛中升起的舞台。石头上面十分平坦光滑，能容得下劳拉和玛丽两个人并肩奔跑，而且长度也足够让她们在上面追逐比赛，真是个完美的游戏天地。

　　石头边缘处有些坑坑洼洼的地方，附生着密密实实的灰绿色地衣，经常有蚂蚁悠闲自得地从这里爬过。偶尔有一只蝴蝶翩然落下，天鹅绒般柔软的翅膀缓缓地一张一合，好似用翅膀呼吸一般。每当这时，劳拉就会在旁边仔细观察一番，她看到蝴蝶纤细的小脚落在石面上，不停抖动的触角像两条细丝似的向外弯曲，还有一双圆圆的、没有眼睑的眼睛。

　　蝴蝶翅膀上覆盖着细小的鳞粉，若不仔细观察，很难看到。这些鳞粉只要轻轻一碰就会脱落，蝴蝶便会受伤，所以劳拉从来不会捉蝴蝶来玩。

　　阳光暖暖地晒在灰色的大石头上，碧绿闪光的小草在阳光下摇曳，活泼的小鸟叽叽喳喳地在草丛中跳跃，美丽的蝴蝶在花间翩翩起舞，舞步是那么轻盈柔美。微风阵阵，带来幽幽的花草香气，把一望无际的大草原吹得绿波荡漾。远处，在蓝天与碧草挽手相连的地方，一个个小黑点在大草原上慢慢移动，那是正在吃草的牛群。

　　劳拉和玛丽总是在清晨之后才会来到灰色的大石头上玩耍，并且在日落之前离开，因为在清晨和傍晚，牛群都会经过这里。

它们成群结队地从这里走过，脚下发出隆隆的踢踏声，头上的犄角也随着身体来回晃动。牛群后面跟着一个小牧童，叫约翰尼·约翰逊，他长着圆圆的红脸蛋儿和蓝眼睛，淡黄色的头发显得有些黯淡无光。每次遇到劳拉和玛丽，他总是笑笑不说话，因为他连一句英语也不会说。

一天下午，劳拉和玛丽正在溪边玩耍，爸爸提议去大石头那里看牛群回家，让劳拉和玛丽跟他一起去。

劳拉高兴得跳起来，她还从来没有如此靠近过牛群，何况有爸爸在身边，她一点儿也不会害怕。而玛丽则紧跟在爸爸身边，慢慢地走着。

牛群已经近在眼前，它们的叫声一阵高过一阵，头上的犄角前后摇摆，脚下踏起一层薄薄的、金黄色的尘土。

爸爸喊道："它们来了，快上去！"说完，他将玛丽和劳拉抱上大石头，三人一起看着牛群从面前走过。

牛群如潮水般从玛丽和劳拉的脚下涌过，它们背上的颜色各不相同，有红色的、棕色的，还有黑白斑纹的。它们睁着又圆又大的眼睛，舌头不住地舔着扁平的鼻子，脑袋歪向一边，一双锋利的牛角好像随时准备攻击对方。不过，劳拉和玛丽站在高高的灰色大石头上，十分安全，爸爸就站在石头旁边，看着牛群走过。

牛群差不多全部走过去了，就在这时，一头母牛吸引了劳拉和玛丽的目光，她们从没见过如此漂亮的母牛。

它是一头身材矮小的白色奶牛，耳朵是红色的，额头中间有个红色斑点，一双小巧的白色犄角向内弯曲，恰好指着额头上的红色斑点。它白色的肚子中间有一圈玫瑰花般大的红色斑点，组成一个完美的环形。

玛丽看了也高兴地蹦蹦跳跳。

劳拉兴奋地大叫："哦，看呀，看呀！爸爸，看那头母牛，还带着玫瑰花环呢！"

爸爸听了放声大笑，他走过去帮约翰尼·约翰逊把母牛从牛群中赶出来，回过头喊道："孩子们，过来呀！帮我把它赶到牛棚里去！"

劳拉立即跳下石头，跑过去帮忙。"爸爸，为什么要赶到牛棚里？为什么？它属于我们了吗？"

爸爸赶着白色的小母牛走进牛棚，对她说："它是我们的奶牛了！"

劳拉听了转身跑出去，沿着小路飞奔而下，冲进地洞里高声大喊："哦，妈妈，妈妈！快去看奶牛呀！我们有奶牛了！哦，妈妈，它是天底下最漂亮的奶牛！"

妈妈抱着凯莉，走到牛棚去看个究竟。

她惊叹地说："查尔斯！"

爸爸说："卡罗莱，这是我们的奶牛！你喜欢吗？"

妈妈犹豫地说："可是，查尔斯！"

爸爸回答："我从尼尔森家买来的，可以用做工来支付买它的钱，尼尔森家需要人帮忙收麦子、晒干草。看呀，多棒的小奶牛呀，卡罗莱，我们有牛奶和黄油吃了。"

妈妈高兴极了，说："查尔斯，这真是太棒了！"

劳拉不等他们再说下去，转身又跑回地洞里，从餐桌上拿起她的锡杯，再次跑回牛棚。

爸爸把这只白色的小奶牛单独拴在一个牛槽上，就在皮特和布莱特旁边，它站在那里安静地咀嚼着饲料。劳拉来到它旁边，轻轻蹲下，一只手小心地握着锡杯，另一只手握住奶牛的乳房，学着爸爸挤牛奶的样子挤起来。果真有一股热乎乎、如丝般柔滑的牛奶喷射到锡杯里。

妈妈惊呼道："我的天哪！看那孩子在做什么！"

劳拉回答："妈妈，我在挤牛奶呀。"

妈妈急忙说："不能这样挤牛奶，牛会踢你的。"

可是，这头奶牛只是回头温顺地看着劳拉，虽然有点惊讶，但是并没有踢她。

妈妈提醒她说："劳拉，挤奶时永远都要在牛的右侧。"爸爸只是笑着问："看看这个小不点，是谁教你挤牛奶的？"

没人教劳拉如何挤牛奶，爸爸挤牛奶时，她在一旁看着就学会了。现在大家都在看着她，只见牛奶汩汩地流出来，射入杯中，发出咕嘟咕嘟的声音，还冒出白色的泡沫，直到白色的泡沫快要溢出杯子，她才停下来。

爸爸、妈妈、玛丽和劳拉，每人都喝下一大口香甜的牛奶，剩下的让凯莉喝得干干净净。大家都对牛奶的香醇味道赞不绝口，胃里也感到丝丝暖意，

他们一直站在那里看着这头漂亮的奶牛。

玛丽问："它叫什么？"

爸爸笑着说："它叫'发玩'。"

妈妈嘴里念着"发玩"，说："好奇怪的名字呀！"

爸爸说："尼尔森家给它取了个挪威语的名字，我问他是什么意思时，尼尔森太太说是'发玩'的意思。"

妈妈仍然不解地问："可'发玩'到底是什么？"

爸爸接着说："我也这么问尼尔森太太，她只是一直重复'一个发玩'，我猜他们当时一定觉得我很愚蠢，最后尼尔森太太解释说'一个玫瑰发玩'。"

劳拉脱口而出："是花环！一个玫瑰花环！"

大家听到这里，都大笑起来，直到笑得喘不上气来。爸爸说："真没想到，我们在威斯康星州时，周围都是瑞典人和德国人；到了印第安准州，又和印第安人生活在一起；现在，我们来到明尼苏达州，邻居又全是挪威人。虽然他们也是好邻居，不过可惜，我们一直碰不到自己家乡的人。"

妈妈说："'发玩'这个名字实在不好听，'玫瑰花环'又太复杂了，不如就叫它斑点吧。"

7. 屋顶上的牛

从这天起，劳拉和玛丽就有活儿干了。

每天早上，太阳升起之前，她们要把斑点赶到灰色大石头那里与牛群会合，然后由约翰尼带着它和牛群去吃草。到了下午，她们再来接走斑点，把它送回牛棚里。

清晨，她们从湿漉漉的草地上跑过，露水打湿了她们的双脚和裙边。可是她们喜欢赤脚踩在湿漉漉的草地上，也喜欢望着天边，看朝阳一点点升上天空。

开始的时候，一切都是灰色的。天空是灰色的，光线是灰色的，露水未干的草地也是灰色的，连风都屏住了呼吸。

不知不觉，东方的天空中闪现一道绿光，如果这时天上有几片云彩的话，就会染上一层淡淡的粉色。劳拉和玛丽坐在冰冷潮湿的石头上，紧紧抱住双腿，下巴顶着冰凉的膝盖，看着天边慢慢亮起来，杰克坐在石头下面的草丛里，也观望着天边。可是他们始终看不出，天空从什么时候开始变成了粉色。

天空先呈现出一片淡淡的粉色，渐渐地，颜色越来越亮，越升越高，仿佛燃起一团火焰，金色的阳光从云缝里照射出来。伴随着一道耀眼的白光，太阳冒出了地平线，又圆又大，好似一个红通通的大火球，为辽阔无边的大草原铺上一层金辉。

　　劳拉忍不住眨了一下眼睛，就在她眨眼的一瞬间，金色的云彩消失了，天空变成了蔚蓝色，阳光普照大地，鸟儿在空中愉快地飞翔，叽叽喳喳的叫声传遍四方。

　　到了傍晚，牛群该回家了，劳拉和玛丽飞快地跳上石头，观看这些大家伙们，头碰头、角顶角，踏着飞扬的尘土从她们面前经过。

　　这两天，爸爸一直在尼尔森先生家里工作，皮特和布莱特便无事可做，于是它们和斑点一起跟着牛群去吃草。劳拉一点儿也不害怕斑点，因为它是那么温顺，可是像皮特和布莱特这样的大块头，无论谁见了都会感到恐惧吧。

　　有一天下午，牛群变得暴躁不安，它们走到大石头那里时，突然发出哞哞的叫声，然后绕着石头跑圈，就是不肯往前再走半步。每头牛都睁圆了眼睛，用角戳向对方，打成一团。四周顿时尘土飞扬，牛角相互纠缠顶撞，这种场景实在太可怕了。

　　玛丽吓得僵在原地，劳拉也吓得不轻，她立即跳下石头，心里想着一定要把斑点、皮特和布莱特赶回牛棚。

　　牛群在漫天的尘土中胡乱奔跑，它们用蹄子愤怒地踩踏地面，用双角猛戳对方，同时哞哞地大声吼叫。约翰尼帮忙把皮特、布莱特和斑点往牛棚里赶，杰克也跟在一旁又跑又叫，配合劳拉驱赶它们。约翰尼用长长的大木棍把自己的牛群赶回了家。

　　斑点第一个回到牛棚，接着是布莱特和皮特，劳拉终于松了一口气。可是就在这时，皮特又突然转身，竖起尾巴追赶远去的牛群。

　　劳拉立即跑到它的前面，挥舞着双臂冲它高声喊叫，想要阻止它前进，可是皮特也哞哞大叫，转头向溪边疾驰而去。

　　劳拉从后面拼命追赶，但是劳拉的腿那么短，而皮特的腿却又粗又长，所以劳拉怎么也追不上它。杰克也拼命跟在后面跑，这让皮特感到很不安，于是更加快了奔跑的速度。

皮特跑着跑着，突然向上一跃，正好跳到地洞的屋顶上。只见它的后蹄向下一沉，将屋顶踏破，并陷了进去，整个身体动弹不得，它也只好原地坐了下来。再这样下去，这个大家伙就会掉下去砸到妈妈和凯莉了，劳拉心中焦急万分，如果她拦住了皮特，就不会发生这么危险的事情。

她好不容易才跑到皮特面前，杰克也随后赶到，皮特这时已经把腿从洞里抽了出来。

他们终于把皮特赶回牛棚，劳拉关上门时，发现自己浑身都在发抖，双腿也软弱无力，两个膝盖一直不停地哆嗦。

妈妈抱着凯莉跑出地洞，站在小路上。她们没有受伤，只是屋顶留下一个大窟窿，她们看到一条牛腿穿过天花板的时候，都吓了一跳。

妈妈说："幸好大家都没事。"

妈妈用干草把屋顶的窟窿堵好，又把掉到地洞里的泥土打扫干净，她和劳拉看着周围的情景，不禁大笑起来。她们的屋顶居然让牛一脚踩穿，这是多么有趣的事呀，她们简直成了住在地洞里的兔子。

第二天早上，劳拉正在洗盘子的时候，发现有些黑色的小东西从雪白的墙壁上滚落下来，再仔细一瞧，原来是土块。她抬头向上张望，想找出它们是从哪里掉下来的，突然，劳拉像兔子一样机敏地跳到一旁，一块大石头从天而降，随后整个天花板都塌了下来。

一时间，阳光从屋顶照射进来，屋里尘土飞扬，呛得她们不停地咳嗽，还打着喷嚏。她们抬头看向屋顶，原来天花板的地方露出湛蓝的天空，凯莉在妈妈怀里不住地打着喷嚏。杰克听到声响，一溜烟儿冲进地洞里，当它看到头顶的天空时，发出一阵阵愤怒的低吼，没过多久也打起喷嚏来。

妈妈说："有办法了。"

劳拉好奇地问："妈妈，有什么办法了？"她还以为妈妈想到处理灰尘的好办法了。

　　妈妈笑着回答："有办法的意思是，爸爸明天必须留在家里修屋顶了。"

　　接着，她们清理了掉下来的石块和泥土，抬走了一大捆干草，妈妈用柳枝扫帚扫了一遍又一遍。

　　当天晚上，一家人睡在地洞里，透过屋顶看着满天星斗，他们还从来没有过这样的经历。

　　第二天，爸爸不得不留下来盖一个新屋顶，劳拉自然又成了他的小帮手。她折下柳枝，一束一束递给爸爸，爸爸再把它们编起来铺好，然后在柳枝上盖一层厚厚的青草，又铺一层泥土，最后把从大草原上切下来的草皮，一条挨着一条拼好。

　　他拼得非常仔细，不留一丝缝隙，然后和劳拉在上面踩来踩去，把草皮压得结结实实。

爸爸说:"这样一来,连草皮上的小草也不知道自己搬家了,再过几天,这个新屋顶就看不出来了,和大草原的其他地方没什么两样。"

爸爸没有因为劳拉没能看好皮特而责怪她,只是说:"我们的屋顶可承受不住一头大牛在上面奔跑!"

8. 麦秆堆

尼尔森先生家的麦子收完了，爸爸也就付清了买斑点所需的费用，他终于可以收自家的麦子了。回到家，爸爸拿出一把很长的大镰刀，这可是件危险的东西，他从来不让劳拉和玛丽碰它一下。爸爸提着磨好的镰刀，去牛棚对面那一小块耕地里收麦子，他把割好的麦子束成一捆一捆的，然后又堆成一座小山。

接下来的几天，爸爸每天早上都去溪边的平地上干活，他先把割好的青草放在太阳下晒干，再用草叉把干草拢在一起堆好。然后，他把皮特和布莱特套上车，驾着车把干草运到牛棚外面，分成六份堆在空地上。

每天晚上，爸爸都累得筋疲力尽，就连拉小提琴的心情也没有了。不过，他把干草堆好以后，就可以重新耕耘再种上小麦了，所以他依然感到十分高兴。

一天早上，三个陌生男人带着一台打谷机来到堆麦子的地方，帮爸爸把麦粒脱出来。劳拉牵着斑点走过湿漉漉的草地，听到打谷机发出咔嚓咔嚓的响声，这时太阳已经升起，金黄色的麦壳在风中打着旋转四处飞舞。

早饭之前，打谷机已经工作完毕，三个男人带着机器离开了，爸爸说："汉森先生要是再多种些小麦就好了。不过，这些小麦磨成面粉也足够我们吃了，这些麦秆和干草也够牛儿们吃一冬了。等到明年，我们自己种的小麦就该大丰收了！"

那天早上，劳拉和玛丽像往常一样来到大草原上玩耍，她们一眼就看到了金黄色的麦秆堆，它们在阳光的照耀下，像一座金光闪闪的小山，还发出一阵沁人心脾的清香，比干草堆好多了。

劳拉跳上光滑的麦秆堆，脚下的麦秆不停向下滑落，可是劳拉爬得更快，一眨眼的工夫就爬到了最上面。

她站在麦秆堆上向远方眺望，平坦辽阔、绿草如茵的草原景色尽收眼底，蜿蜒的小溪从茂密的柳林中穿过，远远望去就像一条发光的银项链。她感觉自己像一只小鸟，在天空中自由飞翔，她挥动起双臂，从富有弹性的麦秆上跳起，仿佛乘着风儿飞向天空。

她兴奋地冲着玛丽大喊："我飞起来了！我飞起来了！"玛丽也爬了上来。

劳拉大声喊："跳呀！跳呀！"她们手拉手一起跳跃，兴高采烈地转了一圈又一圈，越跳越高。微风轻轻吹起她们的裙摆，太阳帽挂在她们脖子后面来回摆动。

"再高一点，再高一点！"劳拉边唱边跳，突然脚下一滑，嗖的一下从上面滑下来，啪的一声跌坐在地上。还没等她缓过神，只听"扑通"一声，玛丽也落到了她身边。

姐妹俩相视而笑，在麦秆堆里打起滚儿来，她们又迅速爬上去，再滑下来，从来没有玩得如此开心过。

就这样，她们来回上上下下，直到麦秆散落一地，再也不像原来堆成小山的样子。

这时，她们终于清醒过来，爸爸辛苦堆起来的麦秆堆，已经让她们破坏得不成样子了。她们互相看看对方，又看看散落一地的麦秆，玛丽想要回地洞去了，劳拉什么也没说，默默地跟在她身后。回到地洞里以后，她们都非常听话，又帮妈妈做家务，又陪凯莉做游戏，一直到午饭的时候，爸爸回来了。

爸爸走进来时，一直盯着劳拉看，而劳拉却看着地板。

爸爸严肃地说："你们两个以后不许再滑麦秆堆玩，我回来的时候，把散落的麦秆重新堆好了。"

劳拉很认真地说："爸爸，我们再也不那样了。"玛丽也说："是的，爸爸，我们不会那么做了。"

吃完饭后，玛丽洗盘子，劳拉把它们擦干净。收拾完毕，她们戴上太阳帽，沿着小路向大草原走去。半路上，她们又看到麦秆堆在阳光下闪着金光。

玛丽大声喊："劳拉！你在做什么？！"

劳拉说："我什么也没做呀！我不会碰它的！"

玛丽在一旁催促，说："你快离开那儿，否则我就去告诉妈妈！"

劳拉说："爸爸可没说不让我闻一闻它的味道。"

她靠近金色的麦秆堆，深深地吸了一口气，阳光晒在麦秆堆上暖洋洋的，它散发出的味道比麦粒嚼在嘴里还香呢。劳拉闭上眼睛，把脸埋进去，沉浸在麦香里。

她不禁赞叹地说："真香呀！"

玛丽也走过来闻了闻，说："啊，好香！"

劳拉抬头看着金光闪闪的麦秆堆，上面是一片湛蓝的天空，她从没见过这么蓝的天空，她不能这样站在地上傻看，她要到那片蓝天里飞翔。

玛丽大喊："劳拉！爸爸说过，我们不可以！"

劳拉一边奋力向上爬，一边反驳玛丽："他说不让我们滑麦秆堆，又没说不让我们爬，我只想爬上去看看。"

玛丽着急地说："你快下来。"

劳拉爬到麦秆堆上面，低头看看玛丽，学着小孩子的口气说："我不会滑下去的，爸爸说过，不可以那样做。"

劳拉抬头仰望，头顶只有碧蓝如洗的天空，微风从耳边呼呼吹过，广阔的大草原像一张绿色的大地毯一直铺向天边。劳拉展开双臂跳起来，落下来时，麦秆堆又把她高高弹起。

"我飞了！我飞了！"她欢快地唱着，玛丽也爬上去，跟着劳拉跳起来。

她们尽情地跳跃，一次比一次更高，直到她们跳累了，就躺在香甜又温暖的麦秆上休息。劳拉发现她的身边有一个地方凸起来，当她滚过去时，那个凸起就陷下去，而另一边又凸起来，于是她又滚回去。她就这样滚过来又滚回去，速度越来越快，最后竟然停不下来了。

玛丽高声说："劳拉！爸爸说过……"可是，劳拉只顾着滚来滚去，根本不听玛丽的劝告。就在她玩得起劲时，突然顺着麦秆堆一个骨碌滚到地上。

她跳起来，快速地爬上去，躺下身来又滚下去。她对玛丽大声喊："玛丽，快来呀！爸爸没说不让我们在麦秆堆上打滚呀！"

玛丽站在上面，犹豫地说："爸爸的确没这么说，但是……"

"这就对了！快来吧！这太有意思了！"劳拉说着又滚了下去。

"可是，我……"玛丽话还没说完，也跟着劳拉一起滚下去了。

实在太有趣了，这个游戏比从上面滑下来好玩多了，她们一遍又一遍地爬上去滚下来，开心地笑个不停。越来越多的麦秆跟着她们一起滚落到地上，可是她们一点儿也不想停下来。她们滚呀滚呀，高兴极了，一直到麦秆堆彻底塌下来，怎么也爬不上去了为止。

她们看着满地麦秆，心中隐约感到愧疚不安，只好摘掉身上和头发里的草秆，再一次默默地回家了。

晚上，爸爸从地里割完干草回到家，看到玛丽正忙着摆放餐具，劳拉则在门后收拾她的剪纸娃娃。

"劳拉，你过来！"爸爸的语气十分严厉。

劳拉听到后，磨磨蹭蹭地从门后走出来。

爸爸说："你过来，站到玛丽身边。"

他坐下来，让姐妹俩肩并肩站在自己面前，而他的眼睛只盯着劳拉看。

他严厉地问："你们俩又去滑麦秆堆了，是不是？"

劳拉否认说："爸爸，我们没有。"

爸爸又问："玛丽，是你干的吗？"

玛丽小声回答："爸爸，不……不是我。"

"劳拉！"爸爸生气了，质问的声音让人害怕，"我再问一遍，你是不是去滑麦秆堆了？"

劳拉再次坚定地回答："爸爸，我没有。"她直视着爸爸的眼睛，她不明白爸爸的眼睛里为什么充满了震惊。

"劳拉!"爸爸的声音有些颤抖。

劳拉解释说:"爸爸,我们没有滑麦秆堆,我们是从上面滚下来的。"

爸爸猛地站起身,走到门口,眼睛看向外面,他的背竟然在颤抖,劳拉和玛丽不明白爸爸为什么会有这样的举动。

过了一会儿,爸爸转过身,他的表情严肃,但是眼睛里却闪着光。

爸爸说:"好吧,从现在起,我希望你们不要再靠近麦秆堆。今年冬天,除了这些干草和麦秆,皮特、布莱特和斑点再没有其他食物了,也许这些还不够它们吃呢。你们也不希望看着它们饿肚子吧,对不对?"

姐妹俩一同回答:"是的,爸爸,不能让牛饿肚子。"

"好的,如果要把这些麦秆给牛儿们做饲料,就必须把它们堆起来,明白了吗?"

劳拉和玛丽又回答:"爸爸,我们明白了。"

从那以后,她们再也没去麦秆堆上玩耍过。

9. 蝗虫天

梅溪岸边有一片野梅林，现在正是梅子成熟的季节，梅子树十分低矮，而且枝叶茂密，凹凸不平的树枝上结满了皮薄多汁的梅子，梅子的香气让林中的空气也变得甜蜜清爽，梅林中时不时还传来几声昆虫嗡嗡的鸣叫。

爸爸在溪边开垦出一块田地，他先割掉土地上的干草，再重新耕作。每天日出之前，劳拉都会把斑点牵到灰色大石头旁，加入放牧的牛群，而此时的皮特和布莱特，早已经离开牛棚，跟着爸爸下地干活去了。

吃完早饭后，劳拉和玛丽收拾好餐具，提着铁桶去梅林摘梅子。她们从屋顶上能够看到爸爸犁地的身影，只见牛、耕犁和爸爸的身影看起来那么渺小，他们沿着大草原上的弧线一同缓慢地前进，犁过的田地上腾起了一小股烟尘。

日复一日，这块深棕色的、天鹅绒一般柔软的耕地慢慢扩大，一点一点吞掉收割干草后留下的金色草茬地，在碧草如波的大草原上逐渐扩展开。过不了多久，这里将会长成一片小麦田，当小麦大丰收时，劳拉一家人就可以买他们想要的东西了。

到那时，他们要盖一幢新房子，再买几匹马，还有每天都吃不完的糖果。

劳拉吃力地拨开深深的草丛，手中提着铁桶，身后挂着太阳帽，向溪边的梅林走去。脚下的小草已经干枯，蚂蚱在草丛里蹦来蹦去，发出噼里啪啦的响声，玛丽头上戴着太阳帽，跟在劳拉身后。

她们走进梅林，把大铁桶放在树下，开始往小铁桶里摘梅子，然后再倒进大铁桶里。等大铁桶装满后，她们又把沉甸甸的大铁桶抬到地洞的屋顶上。妈妈事先在这里铺好一块干净的布，她们把梅子放到布上晒干，这样到了冬天，一家人就可以吃到美味的梅子干了。

梅林的枝叶并不十分茂密，阳光从稀疏的树叶间射下来，硕大的梅子像一个个小灯笼挂满枝头，把细小的树枝压弯了腰，好多熟透的梅子从树上掉下来，滚落到草地上。

这些掉落的梅子，有的已经摔烂了，有的完好无损，还有的裂开一道口子，露出里面的果肉。

蜜蜂落在裂开的梅子上，尽情地吸吮果汁，高兴地摆动着尾巴，它们只顾着品尝甘甜的果汁，把一切都抛诸脑后。甚至当劳拉用树叶拨弄它们时，这些小家伙也只不过轻轻地动了动身体，又继续吸吮起果汁来。

劳拉把完好的梅子放进铁桶里，至于那些裂开的梅子，她便用手指轻轻把蜜蜂弹走，然后把梅子放入口中，一股香甜的果汁流入喉咙里，这种感觉实在太美妙了。劳拉赶走的那些蜜蜂，围在她身边嗡嗡地叫个不停，好像在讨论刚才的梅子究竟到哪里去了。不过它们很快就忘记了这件事，又落到其他梅子上，愉快地吸吮起来。

玛丽不满地说："我的天，你吃下去的梅子比你摘的还多。"

劳拉反驳道："没有这回事，我吃的每一个梅子都是自己捡的。"

玛丽气愤地说："你别装傻了，我在工作的时候，你却在一边玩得高兴。"

其实，劳拉没有偷懒，她和玛丽一样认真地摘梅子。那么，玛丽到底为什么生气呢？原来她不喜欢摘梅子，她更喜欢在家里缝补东西或者读书，而劳拉恰好相反，她讨厌整天待在家里，出来活动是让她最高兴的事，比如摘梅子。

劳拉喜欢摇梅树，这可不是一件简单的事情，如果摇得太重了，让没有成熟的梅子掉下来，那样就浪费了；如果摇得太轻了，成熟的梅子没有全部掉下来，有些到了晚上才掉，那样梅子就会烂掉，同样会浪费。

劳拉对这项技术活掌握得非常好，她抱着粗糙的树干，快速地轻轻一摇，梅子就从细枝上啪嗒啪嗒地掉下来，落到她的周围。趁着梅树还在晃动的时候再摇一下，只听"扑通！扑通！扑通！"几声，剩下的那些成熟的梅子也一个接一个落到地上。

梅子有很多品种，红梅摘完之后，黄梅就成熟了，接着是蓝莓。个头最大的梅子成熟得最晚，人们称这种梅子为霜梅，因为它直到霜降后才会成熟。

一天早晨，外面白蒙蒙的一片，整个世界好像披上了一件薄薄的银衫，每一片草叶上都挂着晶莹剔透的霜花，小路上像撒满了碎银一样闪着银光。劳拉光着脚走在小路上，脚下如同火烧一般灼热，身后留下一串黑色的脚印。空气变得非常寒冷，劳拉和斑点的呼吸化作了一股白烟，太阳缓缓升起，整个大草原在阳光的照耀下折射出点点光芒。

霜梅在那一天成熟了，大大的、紫色的霜梅外面还裹着一层薄薄的银霜。

阳光不再像以前那样炎热，夜晚变得寒冷起来，大草原枯萎了，变成干草堆一样的暗黄色，就连空气也变了味道，天空不再是一片湛蓝。

只有中午的阳光还依然温暖，这些日子一直没有下雨，也没有下霜，感恩节就要到了，可还是没有下过一场雪。

爸爸说："不知道是怎么回事，我从没见过这样的天气，尼尔森说老人们管这叫蝗虫天。"

妈妈问："那是什么意思？"

爸爸摇摇头，说："我也不知道，只是听尼尔森这么说。"

"听起来像是一句古老的挪威谚语。"妈妈猜测。

劳拉很喜欢这句话，每当她跑过大草原，看到脚下活蹦乱跳的蝗虫时，就会轻轻唱着："蝗虫天！蝗虫天！"

10. 牛群闯入干草堆

夏天已经过去，冬天就要到了，爸爸准备去镇上买些过冬的物品。在明尼苏达州，城镇之间离得很近，爸爸当天就能回来，所以妈妈也跟着一起去了。

妈妈还要带上凯莉，因为她太小了，还不能离开妈妈身边。但是，玛丽和劳拉已经是大姑娘了，玛丽九岁了，劳拉也快八岁了，所以当爸爸妈妈不在的时候，她们完全可以留下来看家。

为了去镇上，妈妈给凯莉做了一件新衣裳，是用劳拉粉色的旧衣服改成的，妈妈还用剩余的布料给凯莉做了一顶太阳帽。头天晚上，妈妈把凯莉的头发用卷发纸卷好，这样到了第二天，凯莉就有了一头金色的长卷发。妈妈给她戴上粉色的太阳帽，用帽带在下巴上打个结，这回再看凯莉，美得就像一朵娇艳的玫瑰花。

妈妈穿了一条衬有裙撑的裙子，和一件上面带有草莓印花的上衣，那是她最漂亮的一件衣服，上一次看她穿得这么漂亮，是在外婆家的舞会上，那已经是很久以前的事了。

妈妈临走前嘱咐她们："你们在家要乖乖听话哟。"说完，她抱着凯莉坐上车，把午饭放在身边的空位上。

爸爸拿起赶牛棒，对姐妹俩说："我们在日落之前就能赶回来。"他对皮特和布莱特吆喝了一声，牛车就动了起来。

"再见,爸爸!再见,妈妈!再见,凯莉!"劳拉和玛丽向他们挥手道别。

牛车走得很慢,妈妈和凯莉坐在车上,爸爸边走边赶车,他们的身影越来越小,最后在大草原上消失不见。

爸爸妈妈带着凯莉离开之后,大草原一下子显得空空荡荡,不过也没有什么可害怕的,这里没有狼,也没有印第安人,还有杰克留下来保护她们。杰克十分忠诚可靠,它知道当爸爸不在时,必须保护好这个家。

整个上午,玛丽和劳拉都在溪边的灯芯草丛里玩耍,她们没有靠近深水潭,也没有去爬麦秆堆。中午,她们吃了些妈妈做好的玉米饼和蜜糖,又喝了些牛奶。吃完午饭,她们洗干净喝奶用的锡杯,把它们放回原来的地方。

接下来,劳拉提议去大石头上做游戏,可是玛丽只想待在地洞里,并且要求劳拉也留下来。

劳拉不服气地说:"要是妈妈这么说,我肯定听话,但是你说的就不行。"

玛丽争论道:"我的话你也要听,妈妈不在家,你就要听我的话,因为我比你大。"

劳拉说:"既然我比较小,你就应该让着我。"

玛丽对她说:"那是凯莉的权利,不是你的,如果你不听话,我就告诉妈妈。"

"我就是要出去玩!"劳拉毫不示弱。

玛丽想抓住她,可是劳拉的动作更快,一转眼就跑到了屋外,她本想跑到小路上去,却没想到杰克挡在路中央。它死死盯着小溪对岸,劳拉也跟着望过去,突然尖声惊叫:"玛丽!"

原来牛群围绕在干草堆旁,正吃得津津有味,它们边吃边用犄角挑起干草,在散落一地的干草上踩来踩去。

再这样下去,等到冬天时,皮特、布莱特和斑点就要饿肚子了。

杰克知道该做什么,它一口气跑过小溪,冲着牛群不停吠叫,此刻爸爸不在家，他们得赶走那群牛，绝不能眼睁睁看着它们糟蹋干草。

玛丽在后面大喊："哦！我们赶不走它们，赶不走它们的！"她心中充满了恐惧，可是劳拉已经跟着杰克跑过去了，玛丽也只好跟在后面。她们走过小溪，绕过泉水，来到对岸的大草原上，那群暴躁的、健壮的牛儿近在眼前。它们用长长的犄角把干草扬得满地都是，粗壮的牛腿在干草上胡乱踩踏，嘴里还发出哞哞的叫声。

玛丽吓得呆住了，劳拉也害怕极了，可是她只停了一下，马上拉着玛丽的手慢慢向牛群靠近。她捡起树枝向牛群跑过去，冲着它们大声喊叫，杰克也跟在她们身边不停地吠叫。一头红色的奶牛撞向杰克，杰克立即敏捷地跳到它身后，奶牛受到惊吓，鼻子里喘着粗气向前飞奔而去。其他牛儿也跟着狂奔起来，杰克、劳拉和玛丽在后面拼命追赶。

可是不管他们如何驱赶，牛群就是不肯走出干草堆，它们绕着干草堆一圈又一圈地奔跑，互相顶撞着、叫喊着，继续糟蹋着干草。越来越多的干草散落到地上，劳拉看在眼里，急在心上。她已经累得气喘吁吁，却依然奋力挥舞着手中的树枝，冲着牛群大声吆喝，她跑得越快，那些黑色的、棕色的、红色的、带条纹和斑点的牛也跑得越快。它们用可怕的犄角挑着干草，有的甚至要爬到干草堆上去，干草堆眼看就要塌了。

劳拉跑得大汗淋漓，脸颊发热，她的头发在风中凌乱地散开，迷进了眼睛里。她的喉咙已经喊得沙哑，却依旧没有停下来，她继续挥动着树枝，叫喊着，追赶着，她小心谨慎地躲闪，不让那些长着锋利犄角的大家伙撞到。干草堆上的干草已经剩下不多了，牛群越来越疯狂地踩踏着地上的干草。

突然，一头高大的红色奶牛从干草堆另一边跑出来，恰好出现在劳拉面前，劳拉灵机一动，转了个弯，向另一个方向跑去。

劳拉听到身后强壮有力的脚步声越来越近，她顾不得害怕，转身挥起树枝，向奶牛跳过去。奶牛想要停下来，可是后面的牛群赶了上来，它只好调头向耕地跑去，牛群也朝着它的方向狂奔而去。

杰克、劳拉和玛丽继续追赶，把它们赶得离干草堆越来越远，一直赶到大草原上的深草丛里。

约翰尼从草丛里站起身来，揉了揉眼睛，原来他躺在暖洋洋的草丛里睡着了。

劳拉生气地大喊："约翰尼！约翰尼！看你的牛群都干了些什么！"

"是呀，你真该好好看看！"玛丽也附和着。

约翰尼看看正在深草丛中吃草的牛群，又看看劳拉、玛丽和杰克，他一点儿也不明白究竟发生了什么事，也不知道劳拉她们说了些什么，因为他只听得懂挪威语。

劳拉和玛丽无奈地走出深草丛，到泉水边喝了几口水。在回去的路上，她们的双腿还在瑟瑟发抖，直到回到地洞里，坐下来安静地休息了一会儿，才慢慢平复下来。

11. 失控的牛车

在剩下的午后时光里，姐妹俩一直留在地洞中，牛群也没有再闯进干草堆。太阳渐渐西沉，收敛起耀眼的光芒，劳拉和玛丽该到灰色大石头那里接斑点回家了，她们盼着爸爸妈妈也能早点回来。

她们一次次走到小路上眺望，希望能看到牛车的影子。最后她们干脆坐在房顶的草地上，和杰克一起等他们回来。远处的地平线上，一轮夕阳将要落下，杰克竖起灵敏的耳朵，不放过任何一点风吹草动。虽然劳拉知道坐着也能看到远处的景物，但是她和杰克还是忍不住偶尔站起来，朝着牛车早上消失的方向遥望。

突然，杰克竖起耳朵，欢快地摇着尾巴看向劳拉。没错，他们终于回来了！

大家都站了起来，她们看到牛车出现在大草原上，接着看清了两头拉车的牛，还有坐在车上的妈妈和凯莉。劳拉高兴地跳起来，飞快跑下屋顶，挥着手中的太阳帽，大声喊："他们回来了！他们回来了！"

玛丽感到奇怪地说："车跑得也太快了吧。"

劳拉也觉得奇怪，她听到牛车因颠簸而发出咔嗒咔嗒的声音，只见皮特和布莱特飞快地朝她们冲过来。不！应该说它们像发了疯一样狂奔过来。

牛车剧烈地摇晃着，有几次甚至从地面弹了起来，劳拉看到妈妈坐在车厢的角落里，怀里紧紧抱着凯莉。爸爸在布莱特身边追赶着，一边吆喝，一边举起木棒敲打它，想办法让牛车远离河岸。

可是爸爸的努力并没有起到太多作用，布莱特想把爸爸推开，继续疯狂地朝河岸跑去，而且越来越近了。劳拉的心提到了嗓子眼儿，眼看牛车就要带着妈妈和凯莉冲下河岸，他们都会掉进小溪里去的。

爸爸发出一声骇人的喊叫，用力向布莱特头上猛敲下去，受到重击的布莱特突然转了个弯。劳拉惊叫着跑过去，杰克趁机跳到布莱特的鼻子上，牛车载着妈妈和凯莉从劳拉面前一闪而过，布莱特一头撞上了牛棚，车子这才停了下来。爸爸赶忙跑上前去，劳拉也随后赶到。

爸爸说："哦，布莱特、皮特，你们总算停下来了。"他扶稳车厢，看妈妈有没有受伤。

妈妈说："查尔斯，我们都没事。"可是她的脸色苍白，而且浑身都在发抖。

皮特想进到牛棚里，可是它与布莱特绑在一起，所以没法进去，布莱特又一次撞到牛棚的墙上。爸爸把妈妈和凯莉抱下车，妈妈安慰着怀里受到惊吓的凯莉，说："别哭了，凯莉，你看，我们没事了。"

凯莉的粉色洋装裂开了一道口子，她抱着妈妈的脖子，听到安慰后，慢慢停止了哭泣。

爸爸心有余悸地说："天哪，卡罗莱！我以为你们会掉进水里呢。"

妈妈说："我当时也是这么想的，但是我相信你会保护好我们的。"

"幸好皮特没有像布莱特一样发疯，它是被皮莱特拽着跑起来的，所以一看到牛棚就只想着吃它的晚餐了。"

可是劳拉很清楚，若不是爸爸拼命追赶布莱特，并且狠狠地打了它一下，妈妈和凯莉就真的连人带车掉进水里了，所以她抱紧妈妈的裙子，哭着喊："妈妈！妈妈！"玛丽也抱着妈妈哭喊。

妈妈安慰她们，说："好了，好了，一切都过去了。现在，我的宝贝们，

你们来帮忙把包裹搬进去，让爸爸把牛拴好。"

她们把所有的小包裹都搬进地洞里，然后到灰色大石头那里等待牛群经过，把斑点送回牛棚。劳拉帮忙挤牛奶，玛丽则帮着妈妈准备晚饭。

吃饭时，姐妹俩把牛群闯进干草堆，还有她们如何赶走牛群的经过讲述了一遍，爸爸表扬她们做得棒极了，他说："我们就知道，你们一定能把这个家看好。卡罗莱，我说得对吧？"

爸爸每次从镇上回来，都会给姐妹俩带礼物，可是她们今天早把这件事忘在脑后了。吃完晚饭，爸爸把板凳往后一挪，微笑地看着她们，好像在等待什么似的，劳拉一下子跳到爸爸的膝上，玛丽坐在另一边，还没等爸爸张口，劳拉就迫不及待地问："爸爸，你给我们带回什么好东西了？是什么，是什么呀？"

爸爸故作神秘地说："你们猜猜。"

她们怎么也猜不出来，不过劳拉听到爸爸外衣口袋里发出噼啪噼啪的声音，于是迅速把手伸进去，掏出一个漂亮的纸袋子，袋子上印着红色和绿色的条纹，里面装着两根棒棒糖，给她们一人一个。

棒棒糖的颜色和枫糖很像，表面十分光滑。

玛丽舔了一下，细细品味着香甜的味道，可劳拉一口就咬下了香脆的外皮，露出里面深褐色的糖心。糖心有点硬，而且是透明的，糖里还有一种浓烈的清凉味道，爸爸说这是因为里面加了薄荷。

傍晚时分，天气微凉，劳拉和玛丽洗干净碗碟之后，拿着棒棒糖分别坐在爸爸的腿上，三个人一同坐在屋外。妈妈坐在地洞里，怀里抱着凯莉，轻轻哼着歌。

远处传来小溪潺潺的流水声，岸边的柳林已经枯黄一片，夜空好像一条无比宽大的绒毯，满天的星星是点缀在毯子上的一颗颗晶莹的宝石，在风中闪闪发光。

劳拉依偎在爸爸的肩上，他的胡须扎在劳拉的脸颊上，让她觉得痒痒的，美味的棒棒糖在她舌尖融化，这种甜蜜的感觉一直流入心里。

　　过了一会儿，劳拉抬头说："爸爸。"

　　"什么事，我的小不点？"爸爸的声音从头上传来。

　　劳拉说："我觉得马比牛要好得多。"

　　爸爸耐心地回答："劳拉，可是牛更有用呀。"

　　她沉默了一会儿，又说："总之，我更喜欢马。"

　　她不是故意和爸爸唱反调，她只是把心中的想法说出来罢了。

　　爸爸说："好吧，劳拉，用不了多久，我们就能买几匹好马了。"她知道还要等多久——要等到小麦大丰收的时候。

12. 圣诞老人送马来

蝗虫天真是种怪天气，已经到了感恩节，还是没有见到一片雪花。

地洞的门敞开着，劳拉一家正在享用美味的感恩节大餐，劳拉从地洞里向外望去，柳树的叶子都掉光了，只剩下柳枝在风中摆动；西边的太阳就要落山，大草原好像一块柔软的黄色毛皮，草天相接的地方变得模糊不清，可是依然没有要下雪的迹象。

劳拉心想："原来这就是蝗虫天。"她想起蝗虫长长的、会折叠起来的翅膀、细长的后腿，还有带刺的小脚和坚硬的小脑袋。有一次她捉到一只蝗虫，轻轻把它握在手里，在它面前放上一片草叶，它的小嘴巴马上一张一合地啃着草叶，很快就把草叶吃光了。

感恩节大餐实在太丰盛了，爸爸还特意为大家打了一只大雁，可惜因为家里没有壁炉，小火炉里的火又不够旺盛，所以妈妈只好把大雁炖了吃。不过，妈妈在大雁汤里放了一些面疙瘩，再加上玉米饼、土豆泥、黄油、牛奶和梅子干，美味的食物让人看了直咽口水。除此之外，每个盘子边还摆着三根烤玉米。

据说最开始来到美国的清教徒十分贫穷，处在饥寒交迫之中，只有三根烤玉米充饥。这时，善良的印第安人为他们带来了火鸡等食物，清教徒为了感谢印第安人的真诚帮助，将这一天定为感恩节。

现在，劳拉和玛丽吃完美味可口的感恩节大餐，一边啃着烤玉米，一边想着清教徒的故事。烤玉米很好吃，又香又脆，还带着甜丝丝的味道。

过完了感恩节，圣诞节就不远了，可是依然没有下雪，连一场雨也没有。天空灰蒙蒙的，大草原也失去了往日的生机，凛冽的寒风呼呼地刮着，如同咆哮的狮子，只有地洞里依然温暖舒适。

妈妈说："这个地洞既温暖又舒服，只是我觉得自己好像一只冬眠的野兽。"

爸爸说："卡罗莱，别担心，我们明年就会有一幢漂亮的房子了。"爸爸的眼睛里闪烁着光芒，声音听起来就像唱着愉快的歌。"我们还能买上两匹好马，再换一辆马车，你穿上柔软的丝绸衣服，我们一起去兜风！卡罗莱，你看这片土地是多么肥沃呀，没有石头和树桩，离铁路只有三英里，我们种的小麦一定都能卖出去！"

他用手拨弄着头发，继续说："我们要是有两匹马就好了。"

妈妈温柔地说："哦，查尔斯，我们一家人健康、平安、舒适地生活在这里，有足够的食物度过寒冬，我们应该对所拥有的一切心怀感恩。"

爸爸赞同地说："你说得对，可是皮特和布莱特耕地的速度太慢了，虽然靠它们勉强开垦出了一大片田地，但是没有马就无法全部种上小麦。"

劳拉趁着爸妈思考的空当，急忙插了一句，说："咱们家还没有壁炉呢。"

妈妈疑惑地问："你想说什么？"

劳拉回答："当然是圣诞老人啦。"

"吃饭吧，劳拉，这不是小孩子操心的事。"

劳拉和玛丽都知道，要是家里没有烟囱，圣诞老人就进不来了。一天，劳拉问妈妈，圣诞老人怎么进到地洞里来，妈妈没有回答这个问题，反问她："你们想要什么圣诞礼物呀？"

妈妈正在熨衣服，熨衣板的一头搭在桌子上，另一头搭在床架上，爸爸之所以把床架做得这么高，就是为了方便妈妈熨衣服。凯莉正一个人在床上玩，玛丽坐在桌边忙着整理布块儿，劳拉给她心爱的布娃娃夏洛特做了一件小围裙。寒风从屋顶呼啸而过，吹进细长的烟囱管里，发出呜呜的声响，可是第一场雪依然没有到来。

劳拉说："我想要糖果。"

玛丽说："我也是。"凯莉也学着说："糖果？"

玛丽补充道："我还想要一条新裙子、一件新大衣和一顶新帽子。"

劳拉说："我也想要，夏洛特也想要一件裙子，还有……"

妈妈把熨斗从火炉上取下来，让她们试一试温度。她们舔舔手指，迅速地碰了一下光滑的底板，如果底板发出噼啪声，就说明温度已经足够热了。

妈妈说："谢谢你们。"接着便开始认真地熨起爸爸那件打满补丁的衬衫。"你们知道爸爸想要什么礼物吗？"

她们摇摇头。

妈妈说："是马，你们喜欢马吗？"

劳拉和玛丽互相看看对方，没有说话。

妈妈接着说："我有一个想法，如果我们一起许愿，希望圣诞礼物是马，而不要别的东西，也许……"

劳拉心中有些困惑，马是再普通不过的家畜，怎么会是圣诞礼物呢？如果爸爸想要马，直接用钱买就行了呀，她实在想不明白圣诞老人和马之间有什么联系。

劳拉问："妈妈，真的有圣诞老人，对吗？"

妈妈十分肯定地回答："圣诞老人当然是真的。"说完，她又把熨斗放到火炉上加热，然后接着说："你们越长大，对圣诞老人的了解也就越多。现在，你们已经是大姑娘了，你们知道圣诞老人并不是只有一个，对吗？到了平安夜，不管是在大森林里，还是在印第安准州，抑或是在遥远的纽约州，圣诞老人无处不在，他们都是从烟囱爬进房子里的，这些你们都知道，对吧？"

玛丽和劳拉回答："是的，妈妈。"

妈妈问："那么，你们知道圣诞老人是什么样的人了吗？"

玛丽慢声细语地说："我猜他就像天使一样。"这也正是劳拉心中所想的话。

接下来，妈妈又给她们讲了好多有关圣诞老人的事，他无处不在，而且时时刻刻都在我们身边。

那些无私奉献的人都是圣诞老人，平安夜就是一个无私的节日。到了那天晚上，每个人都不是只想着自己会得到什么礼物，而是希望看到别人收到礼物时开心的模样。我们许下这样的愿望，到了第二天早上，这些愿望真的就会实现。

劳拉问："如果每个人都希望别人能够快乐，那么每一天都是圣诞节，对吗？"妈妈开心地说："劳拉，你说得很对。"

劳拉心里这样想，玛丽也是同样的想法。她们彼此相看，终于明白妈妈这番话的用意，她希望她们放下自己的愿望，来共同实现爸爸的愿望。她们又飞快地看了对方一眼，都沉默不语。

当天晚上吃完晚饭后，爸爸将劳拉和玛丽搂在怀里，劳拉抬头望着爸爸的脸，又深深地依偎在爸爸的怀里，喊道："爸爸。"

爸爸轻声问："什么事，我亲爱的小不点？"劳拉接着说："爸爸，我希望圣诞老人送给我们……"

爸爸问："什么？"

劳拉说："送给我们马，如果你答应我们可以偶尔骑一骑的话。"

玛丽说："我也是这么想的。"爸爸惊喜地看着两个女儿，眼中充满温柔而又明亮的光芒，问："你们真的喜欢马吗？"

"没错，爸爸。"她们点点头。

"既然这样，我想圣诞老人一定会实现我们的愿望，送给我们两匹强壮的好马。"

事情就这样定下来了，她们今年的圣诞节不会有其他礼物，只有马。劳拉和玛丽换上睡衣，戴上睡帽，跪下来一同祷告。

"现在我准备躺下入眠，

我以灵魂祈求上帝，

如果我在梦中死去，

我祈求上帝带走我的灵魂，

愿上帝保佑爸爸、妈妈和凯莉，

愿我永远都是一个好孩子，阿门。"

两人祷告完毕，劳拉又在心中快速许下心愿："愿上帝保佑圣诞老人会送给我们马，阿门。"

劳拉爬上床，她心里真的很高兴，脑海中想象着马儿光滑闪亮的皮毛、柔顺的鬃毛和飘逸的尾巴，一双炯炯有神的眼睛闪射出两道精神的目光，还有它走路时迈开的优雅步伐，而且爸爸刚才说过，她可以骑马。

爸爸调好小提琴的琴弦，悠扬的乐声随即传入耳中，外面一片漆黑，刺骨的寒风吹过屋顶，传来一阵呜呜的哭嚎声，而地洞里的景象却截然相反，让人倍感温暖和舒适。

火炉中迸出星星点点的火花，映在妈妈的织针上，泛着亮光，火光映出琴弓舞动的影子，爸爸一边演奏，一边用脚打着节拍，每个人都陶醉在愉快祥和的乐声中，早已经听不见屋外呼啸的寒风。

13. 愉快的圣诞节

第二天早上，窗外终于飘起了雪花，坚硬的雪粒随着狂风飞舞，在空中翻滚着、旋转着。

劳拉不能出去玩了，斑点、皮特和布莱特也整天待在牛棚里，悠闲地嚼着干草和麦秆。地洞里，爸爸一边补靴子，一边听妈妈讲故事，玛丽在做针线活，劳拉玩着纸娃娃。

那天下午，凯莉睡着了以后，妈妈把玛丽和劳拉叫到一旁，脸上还露出神秘的表情。她们把头靠得很近，听妈妈小声地说话，原来妈妈让她们做一条纽扣项链，作为圣诞礼物送给凯莉。

她们爬上床，围成一圈，背对着凯莉坐下，妈妈把她的纽扣盒放在大家面前。盒子里几乎装满了纽扣，妈妈比劳拉还小的时候，就开始收集纽扣了，她竟然还保留了外婆小时候收集的纽扣。盒子里的纽扣多种多样，有蓝色的、红色的、银色的和金色的。有的上面印着漂亮的图案，有城堡、小桥和小树，还有亮闪闪的黑玉纽扣、彩绘的瓷纽扣、条纹纽扣，以及各种水果、动物形状的纽扣，劳拉看了不禁兴奋得喊出声来。

"嘘！"妈妈把食指放在唇边，示意她不要吵醒凯莉。

现在，她们要用纽扣给凯莉做一条漂亮的项链。

这一回，劳拉再也不觉得待在地洞里无聊了。她看向窗外，寒风咆哮着卷起地上的积雪，小溪结了厚厚的冰，光秃秃的柳枝随风狂乱地舞动着。此时，她一点儿也不想出去，只想留在地洞里，和玛丽一起为她们的小秘密而忙碌着。

她们温柔地哄着凯莉，不管她想要什么玩具，都会满足她。一有机会，她们就抱着凯莉，轻声为她唱歌，等她睡着了，便抓紧时间做那条纽扣项链。

玛丽拿着项链的这一头，劳拉则拿着另一头，她们精心地挑选纽扣，再把它们串起来。她们串一会儿就拿起来看一看，拿掉不满意的纽扣，再串上新的。有时候，她们也会全部拆掉重新做，她们决心要做出一条世界上最漂亮的纽扣项链。

这一天，妈妈说明天就是圣诞节了，她们今天必须把项链做好。

可是不知为什么，凯莉今天十分兴奋，她在屋子里又跳又唱，一会儿跑来跑去，一会儿从板凳上跳下来，就是不肯安静片刻。玛丽教她像个小淑女一样坐着，她不听；劳拉让她抱着夏洛特玩，她却不停地摇晃夏洛特，然后往墙上扔去。

最后，妈妈只好把她抱起来，唱歌给她听，劳拉和玛丽安静地坐在一旁。妈妈的歌声越来越低，凯莉也慢慢闭上了眼睛，可是妈妈的歌声刚停下来，凯莉突然又睁开小眼睛说："妈妈，再唱一首！再唱一首！"

等到凯莉终于睡着了，劳拉和玛丽立即行动起来，很快就串好了项链。妈妈帮她们把两头系起来，纽扣项链终于完成了，再也不能更换任何纽扣了，不过这条纽扣项链已经非常漂亮了。

当天晚上，吃过晚饭后，凯莉已经进入了梦乡，妈妈把一只干净的长筒袜挂在桌边。劳拉和玛丽换好睡衣，把纽扣项链装进另一只长筒袜里。

一切都安置妥当，玛丽和劳拉就准备睡觉了，这时爸爸问："难道你们两个不想把长筒袜挂起来吗？"

劳拉回答："可是，我想圣诞老人也许会给我们送马来的。"

爸爸说："也许吧，可是小孩子都会在平安夜挂起长筒袜，不是吗？"

劳拉想不出该如何回答，玛丽也是。这时，妈妈从盒子里拿出两只干净的长筒袜，爸爸接过来把它们挂在凯莉的袜子旁边。劳拉和玛丽做完祷告去睡觉了，她们心里都充满了疑惑。

第二天早上，劳拉听到炉火燃烧的声音，她眯着眼睛看到屋里的灯光，再看她的长筒袜，里面已经装得鼓鼓的了。

她高兴得大叫一声，立即从床上跳下来，玛丽也跟着跑过去，凯莉听到她们的笑声，也慢慢睁开了蒙眬的睡眼。她们看到长筒袜里装着一个小纸袋，纸袋里全是糖果。

每个人的纸袋里都有六颗糖果，她们第一次见到这般精美的糖果，两人都捧在手中舍不得吃掉。纸袋里装着各种形状的糖果，有波浪形的，像弯弯的彩带；也有圆棒形的，上面印着五彩花朵；还有带条纹的球形糖果。

凯莉的两只长筒袜里，一只装着四块糖果，另一只装着纽扣项链。当纽扣项链放到凯莉眼前时，她惊讶得睁大了眼睛，张开小嘴尖叫了一声，然后拿起项链细细端详了一会儿，又忍不住尖叫了一声。她坐到爸爸膝上，看看糖果，又看看纽扣项链，高兴地扭动着身体，咯咯笑个不停。

爸爸要出去干杂活了，他问："你们猜猜，牛棚里会不会有什么惊喜等着我们？"妈妈神秘地看着她们说："孩子们，快去穿衣服，去牛棚看看爸爸发现了什么。"

入了寒冬，她们出去时必须穿上长筒袜和鞋，妈妈帮她们系好鞋带，又给她们围上厚厚的围巾，她们就赶快跑出门去了。

外面一片灰暗，只有东边的天空中泛出一道红霞，墙上和屋顶上都积了一层厚厚的白雪，霞光映在白雪上，显现出柔和的淡红色。爸爸站在牛棚门口等着她们，见到劳拉和玛丽跑过来，脸上立刻浮现微笑，让她们走进牛棚。

有两匹马正站在皮特和布莱特原来的位置上。

它们比佩特和帕蒂还要高大，一身棕红色的皮毛如丝般光滑，油光发亮，鬃毛和尾巴都是乌黑色的，一双明亮的大眼睛闪烁着温顺的目光，它们把柔软的鼻子凑到劳拉面前，在她手心里吐着温暖的气息。

　　爸爸说："孩子们，你们喜欢这个圣诞节吗？"

　　玛丽回答："爸爸，我非常喜欢。"劳拉简直高兴得不知说什么好，只说了句："哦，爸爸！"

　　爸爸眼中闪着喜悦的光芒，问："想不想骑着圣诞老人送来的马去喝水？"

　　他把玛丽扶上马背，告诉她抓紧马的鬃毛，不要害怕，而这时，劳拉站在下面早就等不及了。爸爸那双强壮的手臂把劳拉也抱上马，劳拉骑在高大

温顺的马背上，感受到它体内充满了活力。

门外是一个银装素裹的世界，阳光照在积雪上，反射出耀眼的白光。爸爸牵着马走在前面，手里拿着斧子，因为溪水已经结冰，必须用斧子凿出个小洞才能让马儿喝水。两匹马儿仰起头，深吸了一口气，冰冷的空气从鼻中呼出来，一对柔软的耳朵不停地前后摆动。

劳拉双手抓住马鬃，夹紧双腿坐在马背上开心地大笑。在这个寒冷却充满欢乐的圣诞节早上，爸爸、玛丽、劳拉和两匹马儿都非常高兴。

14. 春汛

午夜时分，劳拉从睡梦中惊醒，听到门外传来一阵轰鸣声，她还是第一次听到如此可怕的声音。

她高声问："爸爸，爸爸，那是什么声音？"

"好像是小溪的流水声。"爸爸说完便跳下床，推开大门，轰鸣声似乎就要闯进地洞里，劳拉心里害怕极了。

她听到爸爸大喊："天哪，好大的雨啊！"

妈妈也说了些什么，可是劳拉没听清楚。

爸爸大声说："什么也看不见！外面一团漆黑！不过别担心，溪水冲不到这边来，向另一边的低地流过去了！"

爸爸说完把门关上，轰鸣声又变小了。

爸爸对劳拉说："劳拉，睡觉吧。"可是劳拉怎么也睡不着，耳边不断传来阵阵雷鸣，如同野兽的咆哮一般。

她再睁开眼睛时，天已经蒙蒙亮，爸爸出去干活了，妈妈在做早饭，可是小溪那轰隆隆的怒吼声依然没有平息。

劳拉猛地起身跳下床，跑到门口将门打开，只听"哗啦"一声，冰冷的雨水从头上浇下来，让她几乎喘不过气来。她索性跳到屋外，任凭雨水将她全身浇透，汹涌的溪水从脚下流过。

前面已经无路可走，愤怒的溪水淹没了通往小桥的路，柳树的树干完全泡在水中，只露出顶端的树枝，在泛着泡沫的泥水中打旋。奔腾的溪水在怒吼，劳拉几乎听不到雨声，只感觉到雨水拍打着睡衣，如倾盆的水从头顶浇下来，好像连头发都没有了，耳边只剩下溪水狂野的咆哮声。

汹涌湍急的洪水，让人看了既害怕又着迷，它泛着泡沫冲过柳树的树冠，形成一阵漩涡，向大草原奔涌而去。洪水从上游倾泻而下，在转弯处卷起高高的浪花，像一只势不可挡的猛兽，让人胆战心惊。

突然，劳拉被妈妈一把拉进地洞里，妈妈焦急地问："你没听见我在喊你吗？"

劳拉回答："妈妈，我没听见。"

妈妈无奈地说："哎，我想你的确没听见。"

劳拉浑身上下都淌着雨水，流到脚边形成一小摊水，妈妈给她脱下湿淋淋的睡衣，用毛巾给她擦干身体。

妈妈叮嘱她说："快把衣服穿好，不然会着凉的。"

可是劳拉觉得全身暖烘烘的，甚至有一种身心舒畅的感觉，这种感觉她还是第一次体验。玛丽不可思议地说："劳拉，你真让我大吃一惊，我可不会像你那样跑到雨里，浇成个落汤鸡。"

"天哪，玛丽，你真应该去看看现在的小溪！"劳拉说完，又转身向妈妈问，"妈妈，吃完早饭，我可以再去看看吗？"

妈妈说："不行，雨还没停呢。"

可是就在她们吃早饭的时候，雨竟然停了，太阳露出了笑脸，高高挂在空中。爸爸要去看看小溪，允许劳拉和玛丽一同跟着去。

雨后的空气格外清新，湿湿的，带着一丝凉意，蓝宝石般的天空上飘着几大片洁白的云彩。积雪融化了，土地变得湿润泥泞，劳拉站在高高的河岸上，耳边依然能听到汹涌的波涛声。

爸爸自言自语地说："这种怪天气，我还从来没见过。"

劳拉问："现在还是蝗虫天吗？"可是爸爸也说不清楚。

他们沿着高高的河岸向前走，看着周围不寻常的景象，在经历了一场汹涌的洪水后，这里发生了翻天覆地的变化。梅林变成了没入水中的矮木丛，高地变成了水中孤岛，溪水流到这里时变得平缓，从高地的这一边分成两股，绕过去以后又汇聚在一起流向远方。深水潭里的水积得更深了，原本高大的柳林现在也成了一片矮树林。

遥望河岸对面，爸爸的耕田已经变成了肥沃的黑土地，他看着那片田地说："过不了多久，我就可以把小麦种下了。"

15. 木板桥

　　第二天，湍急的小溪依然发出轰隆隆的流水声，但是已经比昨天平缓了许多，劳拉十分肯定妈妈不会再让她到溪边玩耍，可是她在地洞里听到小溪流淌的声音，好似对她欢快地打着招呼，于是她没有告诉妈妈，偷偷溜出门去了。

　　洪水的水位不再像昨天那么高，已经从石阶上退了下去，劳拉看到浪花拍打着木板桥，掀起许多泡沫，木板桥的一部分露出了水面。

　　整个冬天里，小溪都结着冰，静悄悄的没有一点生机。现在，它终于恢复了从前的活泼和欢乐，水波击打在木板桥上，泛起阵阵白沫，一路欢笑着奔向远方。

　　劳拉脱下鞋和长筒袜，把它们好好地放在最下面的台阶上，光着脚走上木板桥，从桥上低头望着奔流的溪水。

　　浪花溅到她的脚上，细小的水波从脚边缓缓流过，她试着将一只脚浸入旋转的水沫中，然后在木板桥上坐下来，将另一只脚也放进水中。溪水猛烈地拍打着双脚，她也用脚踢起阵阵水花，这是多么有趣呀！

　　此刻，劳拉几乎全身都湿透了，可她觉得要是整个人都跳进水中，那才叫好玩呢。于是她趴在木板桥上，把手臂伸入水中，但是她还觉得不过瘾，想完全投入小溪的怀抱，感受它的欢乐。她用两只手紧紧扣住木板，整个身

体从桥上滑入水中。

就在那一瞬间，她终于意识到小溪并没有想象中的那么好玩，它是那么猛烈又可怕。溪水拽住她的身体往桥下拖，几乎将她整个吞没，她的一只胳膊拼命地抓住木板，艰难地把小脑袋露在水面上。

然而溪水没有就此罢休，一会儿将她往前推，一会儿又把她往后拉，她的下巴死死地抵在木板边缘，胳膊也紧抓着不放，身体的其他部分都泡在溪水中。此时此刻，劳拉眼中的小溪已经不像在欢快地大笑了。

没人知道她在哪儿，就算她大声求救也没人听得见。溪水怒吼着，一浪强过一浪，将她的身体用力地向水中拖。劳拉奋力挣扎着，可是水流的力量比她更大，她想抓住木板爬上去，溪水却更用力地把她拽下去，好像要将她分成两半，冰冷的溪水不停地冲刷她的身体，让她觉得寒冷彻骨。

溪水与狼群和牛群不同，它没有生命，也不会停歇，汹涌得让人害怕。

它会无情地将劳拉吞没，像卷走柳枝一样，将她拖入漩涡中上下翻腾。

劳拉感到双腿变得无力，紧抱着木板的双臂也渐渐失去了知觉。

"我一定要离开这里，一定！"她想到这里，不顾耳边仍在怒吼的溪水，双臂用力拉住木板，双脚猛蹬，终于又爬上了木板桥。

她趴在木板桥上大口喘着气，脸和肚子都紧贴着坚硬的木板，心中庆幸这块木板足够结实。

她想要站起来，却感到一阵眩晕，只好从木板桥上爬下来，坐在岸边穿好鞋和长筒袜，虚弱地一步一步走上泥泞的石阶。劳拉走到地洞门前，默默站在门外，她不知道该如何跟妈妈解释这一切。

她想了一会儿，还是硬着头皮进了屋，她什么也没说，只是静静地站在门口，看到妈妈正在缝衣服。

妈妈问："劳拉，你跑到哪儿去了？"同时抬头看向她。这下可把妈妈吓了一跳，惊讶地说："我的老天爷！快转过身去！"她迅速解开劳拉身后的纽扣，问："出了什么事？你掉进小溪里了？"

劳拉说："不，妈妈，是我自己跳进去的。"

接着，劳拉把这次惊心动魄的经历讲给妈妈听，妈妈沉默不语，继续给劳拉脱下湿衣服，先擦干她的身体，再用被子裹住她，让她坐在火炉边取暖。

最后，妈妈开口说："劳拉，你总是这么淘气，可是这次我不能惩罚你，也不忍心责骂你，因为你刚才差点就淹死了。"

劳拉低下头，没有说一句话。

妈妈继续严厉地说："没有我和爸爸的允许，你不能再去小溪边玩了，一直到洪水退了为止。"

"我不会去了，妈妈。"劳拉答应着。

过不了多久，洪水就会慢慢退去，小溪也将恢复往日的平静，那里又将成为愉快游戏的好地方。现在，劳拉终于明白一个道理，小溪不会听从任何人的命令，在这个世界上，还有许多人力所不能及的事。但是，小溪没能抓走她，也没能让她尖叫和哭泣。

16. 漂亮的新房子

洪水退去，小溪又叮叮咚咚地唱起歌，缓缓地流淌着，天气逐渐温暖起来。每天一大早，圣诞老人送来的那两匹马——山姆和大卫都会跟着爸爸去麦田里干活。

妈妈有些担心地说："你这样夜以继日地耕作，早晚会把身体累坏的。"

可是爸爸说因为冬天下的雪不多，土地表面都是干的，必须把下面湿润的土壤翻上来，才能播下小麦的种子。他每天都早出晚归，劳拉在黑夜里等呀等呀，只要听到山姆和大卫蹚过溪水时溅起的水花声，就立即跑回地洞里，拿起提灯再飞快地跑到马厩。爸爸进来干杂活时，她就在一旁给爸爸照亮。

爸爸每天都累得筋疲力尽，没有了往日的欢声笑语，吃过晚饭就睡觉了。

小麦终于种到了地里，爸爸又种了些燕麦和土豆，开垦出一片菜园。妈妈、劳拉和玛丽一起帮着种土豆和蔬菜，凯莉就在一旁观看，好像自己也帮了忙一样。

温暖的春风吹绿了一望无际的大草原，柳树抽出细细的柳丝，上面舒展着黄绿色的嫩叶。大草原的山谷中开满了紫罗兰和金凤花，它们那红棕色的像三叶草一样的叶子和淡紫色的花朵，放入口中，味道酸溜溜的非常好吃。到处是一片生机勃勃的景象，只有麦田里还是光秃秃的，露出黄褐色的泥土。

一天傍晚，爸爸带劳拉来到麦田边，在黄褐色的田地里浮现出一片绿色的薄雾，那正是钻出土壤的小麦苗！麦苗又细又小，很难看清楚，可是这些毛茸茸、绿茵茵的小东西聚在一起，就汇成了一片绿油油的薄雾。麦苗的长势很好，整齐又密集，全家人都高兴极了。

第二天，爸爸驾着马车到镇上去，山姆和大卫一个下午就能跑个来回，还没等大家开始想念爸爸，他就回来了。劳拉第一个听到马车的声音，立即跑到小路上迎接他。

爸爸驾着马车，脸上带着难以掩饰的喜悦，身后的车厢里放着一大堆木材，只听他高声喊："卡罗莱，我们有新房子了。"

妈妈跑出来，喘着气说："可是，查尔斯！"这时，劳拉已经跑到马车边，踩着车辘轳爬到高高的木板堆上，她从没见过如此光滑、笔直又漂亮的木板，因为它们是用机器锯出来的。

妈妈说："可是小麦才刚刚长出来啊！"

爸爸回答："没关系，他们先把木板赊给我，等我们收了小麦再付钱。"

劳拉急忙问："我们要用这些木板盖幢房子吗？"

爸爸回答："你说得没错，我的小不点。我们就要有一幢全部用木板建成的新房子了，还要装上玻璃窗户！"

这一切都不是在做梦，第二天早上，尼尔森先生就来帮爸爸盖房子了，他们首先挖了一个地窖。地里的小麦正使出全身力气向上生长，所以过不了多久，他们就能住上漂亮的新房子了。

在地洞里，劳拉和玛丽的心早就飞到外面去了，根本不能安下心来做事。可是妈妈告诉她们，必须先把自己的事情做好。

妈妈说："我绝不会允许你们敷衍了事。"所以，姐妹俩只好洗干净每一个盘子，把它们摆放整齐，然后叠好被子，用柳条扫帚打扫完地面，再把扫帚放回原位。她们把一切都收拾得井井有条，终于可以出去了。

她们跑下石阶，走过木板桥，穿过柳林来到大草原上。经过碧绿的草地以后，又爬上一座绿草如茵的小山，那里就是爸爸和尼尔森先生盖新房子的地方。

劳拉觉得看他们给房子搭骨架是一件有趣的事，一根根细长的木材笔直地立在地上，从金黄色的木材之间能够看到碧蓝的天空，锤子敲打出欢快的节奏，细长卷曲的木花撒了一地，上面还带着清香的味道。

劳拉和玛丽一会儿把木花挂在耳朵上当耳环，一会儿又挂在脖子上变成项链。劳拉捡起一条长长的木花，把它盘在头发上，看起来就像金色的卷发，那正是她梦寐以求的发色。

在房顶的木架上，爸爸和尼尔森先生一会儿钉钉子，一会儿锯木头，忙得不可开交。一些小木块不断从房顶上掉下来，劳拉和玛丽把它们拾到一起，盖起了她们自己的小房子，她们从没玩得如此开心过。

爸爸和尼尔森先生把木板倾斜地盖在骨架上，用钉子固定好，然后把木瓦板盖在房顶上。这些木瓦板都很薄，大小相同，比爸爸用斧子劈成的木瓦板要精致很多。房顶就这样盖好了，既平坦又严实，没有一丝缝隙。

接下来，爸爸把光滑的木板铺在地上，这些木板的边缘都带有凹槽，可以严丝合缝地拼在一起。楼上的地板铺好了，同时它也是楼下的天花板。

爸爸把楼下的空间隔开，分成两个房间，一间是卧室，另一间是客厅。客厅里装了两扇明亮的玻璃窗，一扇能看到日出，另一扇在客厅南边的大门附近。卧室里也有两扇窗户，同样是明亮的玻璃窗。

劳拉还是第一次见到这么漂亮的窗户，每个窗户都分成两部分，每个部分由六块玻璃组成，下面的那部分可以向上推开，用一根木棍将它撑住。

爸爸在与前门相对的地方，又开了个后门，并且在门外搭了一个小屋，因为它是正屋旁边依墙所搭的小屋，所以叫作披屋。在冬天，披屋能挡住寒冷的北风，它还是一个储物间，妈妈可以把扫帚、拖布和洗衣盆等杂物放在这里。

现在，尼尔森先生已经回家了，劳拉跟在爸爸身边问东问西。爸爸告诉她，楼下的卧室是给妈妈、凯莉和他住的，劳拉和玛丽住在阁楼里，她们还可以在那里玩耍。劳拉吵着要看阁楼，爸爸只好把没搭好的披屋放在一边，用木板沿着墙壁做了一个通往阁楼的楼梯。

劳拉三步并作两步爬上楼梯，从阁楼地板上的小洞向上看，阁楼足有楼下两个房间那么大，铺着光滑的地板，倾斜的屋顶是用亮黄色的木瓦板搭成的。阁楼两边各有一扇窗户，上面同样镶嵌着玻璃。

一开始，玛丽很怕从楼梯爬上阁楼，现在她又不敢从楼梯上走下来。其实劳拉也害怕，她只是装出一副镇定的样子，不过她们很快就能够熟练地上上下下了。

她们原本以为房子已经盖好了，可是爸爸又在外面的墙壁上钉了一层黑色的沥青纸，然后在沥青纸上铺了一层木板。这些木板细长光滑，一个叠着一个，一直铺到房子的最上面。最后，爸爸又加上了平坦的窗框和门框。

爸爸满意地说："这栋房子像鼓一样密不透风！"无论是房顶、地板还是墙壁，都围得严严实实，可以把雨水和寒风牢牢地挡在外面。

接下来，爸爸要开始装门了，这些门都是从商店里买来的，它们的表面十分光滑，比用斧子劈成的木板门要薄得多，门的上面和下面各夹了一层薄薄的面板。合页也是买来的，开门和关门都好用极了，既不像木制合页那样会发出吱吱的响声，也不像皮制合页那样笨拙。

爸爸给门装上锁，把钥匙插进锁孔里，轻轻转动后听到"咔嗒"一声响，门就锁好了，门锁上还带有白色的陶瓷把手。

有一天，爸爸突然神秘地对姐妹俩说："劳拉、玛丽，你们能守住秘密吗？"

她们回答："没问题，爸爸！"

爸爸说："一定要对妈妈保密，知道吗？"姐妹俩一同点点头。

爸爸推开披屋的门，一架黑亮的炉灶呈现在大家面前，原来他特意从镇上买回来藏在这里，为了给妈妈一个惊喜。

炉灶上有四个圆洞，上面盖着四个圆盖子，每个盖子上都有一个凹槽，用铁手柄可以把盖子掀起来。炉灶前面有个矮门，门上有几条细长的裂缝，里面有个铁块来回滑动，能将这些裂缝打开或关闭，这是炉灶的通风口。通风口的下面，有个像盘子一样的椭圆形搁板凸出来，是用来接炉灰的，这样就不会弄脏地板了。搁板上有个盖子，上面有一行字母。

玛丽伸出手指，摸着底下那行字念道："PAT，1770。"她好奇地问："爸爸，这是什么意思？"

爸爸回答："帕特，是专利权的意思。"

劳拉看到炉灶右边有个稍大一些的门，她打开门朝里面看，发现里面有个很大的空间，而且用搁板隔开了。她抬头问："爸爸，这是干什么用的？"

爸爸回答："这是烤箱。"

爸爸把炉灶搬到客厅里，给它装上细长的烟囱，烟囱穿过天花板和阁楼，一直伸出房顶。爸爸爬上房顶，在搭好的烟囱上又套了一个更粗的铁皮管，铁皮管的一端向外延伸出来，好像戴着扁平的帽子。这顶"帽子"盖在烟囱口上，雨水就不会顺着烟囱落进新房子里了，这样的烟囱在大草原上随处可见。

爸爸说："大功告成，大草原上又多了一个烟囱。"

新房子里的一切都布置好了，阳光透过玻璃窗，把屋里照得亮堂堂的，一点儿也不像是在屋里。新房子里的墙壁和地板都铺着亮黄色的木板，四周充满了松木的清香味；炉灶就摆在靠近披屋门口的角落里，看起来高贵大气；轻轻扳动门上的陶瓷把手，门就跟着合页开了，再听到门锁咔嗒的碰撞声，便又关上了。

爸爸开心地宣布："明天早上，我们就可以搬进来了，今晚是我们睡在地洞里的最后一天。"

劳拉和玛丽牵起爸爸的手，三人一同向山下走去。远远看去，大草原上的麦田像丝绸一样轻柔地飘拂，微风吹得麦苗轻轻晃动，泛着绿油油的波浪。麦田四边笔直，拐角十分整齐，田边长着深绿色的野草，显得有些凌乱。劳拉回头望向他们漂亮的新房子，金色的阳光洒向小山，给墙壁和屋顶披上了一层金色的外衣，像麦秆堆一样金光闪闪。

17. 搬家

第二天早上，阳光明媚，妈妈和劳拉把东西从地洞里搬到河岸上，并且装上马车。劳拉几乎不敢看爸爸的眼睛，因为他们心里藏着一个秘密——给妈妈的惊喜。

妈妈什么也没有察觉到，她把火炉里还带有余温的炉灰清理出来，以便爸爸将火炉搬走，她对爸爸说："查尔斯，你记不记得多买几根烟囱？"

爸爸装模作样地回答："卡罗莱，我当然记得。"劳拉差点笑出来，虽然勉强忍住了，但还是发出了一点动静。

妈妈说："天哪，劳拉，难道你的喉咙里卡着一只青蛙吗？"

大卫和山姆拉起马车出发了，它们走过浅水滩，穿过大草原，爬上小山。妈妈、玛丽和劳拉抱着东西，让凯莉蹒跚地走在前面，她们走过木板桥，沿着草色青青的小路走上山去。新房子坐落在小山上，在阳光下闪闪发光，马车走到房前停下来，爸爸跳下车，期待着妈妈看到炉灶时的惊喜表情。

妈妈走进新房子，先是愣了一下，嘴巴张开又闭上，轻声赞叹："我的天哪！"

劳拉和玛丽欢呼起来，高兴得手舞足蹈，凯莉也跟着她们跳起来，虽然她并不知道发生了什么事。姐妹俩大声说："妈妈，这是送给你的新炉灶！这里是烤箱！还有四个盖子和一个手柄！"玛丽又说："我还认识上面印的

76

字呢！是'帕特'，专利权的意思！"

妈妈说："哦，查尔斯，你不该买这个啊！"

爸爸走过去，抱着妈妈说："卡罗莱，别担心！"

妈妈说："查尔斯，我从不担心。只是我们盖了一栋这么漂亮的新房子，又装了玻璃窗户，再加上炉灶，实在太奢侈了。"

爸爸说："为了你，一切都值得。你看咱们的麦田长得多好啊，我们不用担心钱的事情！"

劳拉和玛丽拉着妈妈来到炉灶旁，劳拉指着炉盖，她便拿起炉盖瞧了瞧，玛丽来回拉动通风口的铁块给她看，然后她又仔细打量了一会儿烤箱。

她不禁感叹："啊哟！这么好的炉灶，我不知道敢不敢用它来做饭呢！"妈妈虽然嘴上这么说，但她还是用新炉灶为大家做好了午饭，劳拉和玛丽负责摆好桌子。玻璃窗敞开着，屋子里空气清新，光线明亮，温暖的阳光从门口和旁边的窗户洒进来。

坐在这样一间宽敞、通风又明亮的房子里吃饭，真是一件美妙的事情。吃完午饭后，大家仍坐着感受这份愉快的心情。

爸爸说："这里终于像个家了！"因为是玻璃窗，所以一定要挂上窗帘，妈妈用旧床单做成窗帘，浆好的窗帘硬挺、笔直，像雪一样洁白，她又给每个窗帘添上美丽的花边。客厅的窗帘带着粉色的花边，是从凯莉那件破掉的洋装上剪下来的；卧室的窗帘是蓝色的花边，是从玛丽的旧衣服上剪下来的。这些粉色和蓝色的棉布，是很久以前他们还住在大森林里的时候，爸爸从镇上买回家的。

爸爸正在用钉子固定窗帘绳，妈妈拿出两张以前收藏的棕色包装纸，她先把纸折起来，把折好的纸剪几下，再把剪好的纸展开，就变成了一排小星星。

妈妈把纸星星展开，挂在火炉后面的壁橱上，光线照在纸星星上，一闪一闪泛着亮光。

窗帘挂好以后，妈妈又在卧室的拐角挂起两张雪白的床单，用来挂爸爸妈妈的衣服；在阁楼上，妈妈给玛丽和劳拉也挂了一张床单，这样她们也有了挂衣服的地方。

经过一番精心布置，房子变得更漂亮了，明亮的玻璃窗两边挂着洁白的窗帘，阳光从粉色花边的窗帘之间照进屋子里，整洁干净的墙壁散发着淡淡的松木香味，墙壁后面藏着支撑房子的骨架，外面是通往阁楼的楼梯。炉灶和烟囱都是黑亮黑亮的，角落里的壁橱上挂满了闪亮的星星。

餐桌上铺了一张红格子桌布，桌布上摆放着干净明亮的油灯，油灯旁有三本书，一本包着纸书皮的《圣经》，一本绿色封皮的《奇妙的动物世界》和一本名为《米尔班克》的小说，桌子旁整齐地放着两张板凳。

最后，爸爸在门口窗边的墙上挂了一个托架，妈妈把牧羊女摆件放在托架上，它是一个精致小巧的陶瓷娃娃。

托架是爸爸在很多年前送给妈妈的圣诞礼物，是用棕色的木头做成的，上面有他亲手雕刻的星星和藤花。那个牧羊女瓷娃娃笑容灿烂，有着金色的头发、蓝色的眼睛和粉红的脸颊，她的衣服上打着金黄色的丝带，穿了一件瓷围裙和一双小小的瓷鞋。它跟着我们从大森林到印第安准州，又从印第安准州来到明尼苏达州的梅溪岸边。这一路上，它完好无损，还是原来那个美丽的牧羊女，依旧笑得明媚动人。

当天晚上，玛丽和劳拉爬上楼梯，回到阁楼里睡觉，这里是只属于她们的小天地。阁楼的窗户上没有窗帘，因为床单都用完了，不过她们每人有一个盒子，既可以当凳子坐，又可以用来装衣物。劳拉的盒子里装着她的夏洛特和纸娃娃，玛丽的盒子里装着做针线用的布块和碎料袋。布帘后面有两根钉子，她们从钉子上取下睡衣，再把外衣挂上去。这里一切很完美，唯一美中不足的地方，就是杰克不能从楼梯爬上来。

劳拉很快就睡着了，因为一整天里，她都在东跑西跑，爬上爬下，实在太累了。可是她睡了一会儿又醒过来，四周静悄悄的，没有半点声音。在地洞里，每天晚上都有小溪唱着歌伴她入睡，她突然有点想念这种感觉。如此安静的夜晚，让她辗转反侧，难以入眠。

这时，一阵声音传来，劳拉睁开眼睛，侧耳倾听。从头顶传来一阵阵脚步声，好似成千上万只动物从屋顶上跑过，那是什么声音呢？

哦，原来是雨点打在屋顶上的声音！劳拉已经很久没听过这种声音了，甚至已经忘记了，在地洞里她听不到雨声，因为房顶就是一片草地。

劳拉感到很高兴，她听着屋顶上滴答滴答的雨声，又慢慢进入梦乡。

18. 螃蟹和水蛭

　　清晨，劳拉从床上跳下来，光着脚丫踩在光滑的地板上，一阵松木香味扑鼻而来，她抬头看向倾斜的屋顶，亮黄色的木瓦板整齐地列成一排，下面是支撑着它们的橡木。

　　从东边的窗户能看到下山的小路，嫩绿的小草在路边随风摇曳，再往远处望去，就能看到方方正正的麦田，好像铺着一条淡绿色的地毯，麦田对面是一片灰绿色的燕麦田。遥远的天边出现一道闪光的银线，火红的太阳从地平线上露出半个脑袋，偷望着一碧千里的大草原。在劳拉看来，梅溪边的柳林和地洞似乎是很久以前的事了。

　　一瞬间，金色的光芒洒进屋里，照在劳拉身上暖洋洋的，阳光倾泻到一尘不染的地板上，投射出窗格的影子，劳拉的睡帽、辫子，甚至每根手指都在黄色的木地板上映出清晰的黑影。

　　从楼下传来妈妈做饭的声音，不一会儿，她们听到妈妈喊："玛丽！劳拉！该起床了！"

　　就这样，搬进新房子里的新的一天开始了。

　　吃早饭时，劳拉说想去溪边看看，她问爸爸自己能否去那里玩耍。

　　爸爸说："不行，劳拉，我不希望你到溪边去，那里的深水潭很危险。不过，昨天尼尔森来帮忙时经过一条小路，等你做完家务活以后，可以和玛丽到那条小路上去走一走，看看有什么新发现。"

吃完早饭，玛丽和劳拉就立即做起家务活来，她们在披屋里找到一把新买的扫帚，这栋新房子里似乎有着无穷无尽的惊喜。新扫帚的把手很长，而且笔直光滑，扫帚毛是用无数根黄绿色坚硬的细毛做成的，妈妈说它们叫扫帚草。先把这种草从底部齐根割下，然后从顶部把它们弯成扫帚形，再用红线紧紧地缝好。这把扫帚比爸爸用柳枝做的那把好看多了，劳拉和玛丽觉得用它来扫地简直太可惜了，它从光滑的地板上轻轻扫过，多像在变魔术呀。

劳拉和玛丽很想去看看那条小路，所以很快就做完了家务活，她们放好扫帚，迫不及待地冲出家门。劳拉恨不得飞到那条小路上去，没走几步就奔跑起来，她的太阳帽从头上滑落，挂在身后，她光着脚欢快地踏过绿茸茸的草地，一路往山下跑去。她穿过一小块平地，顺着斜坡爬上去，一条小溪出现在眼前！

劳拉看到眼前的景象惊呆了，小溪是如此恬静，沿着绿草茵茵的河岸缓缓流淌，在阳光的照耀下，波光粼粼，仿佛绸带上镶嵌着亮晶晶的宝石。

小路的尽头有一片茂密的柳林，一座小桥架在河上，连接着对岸阳光明媚的草地，草地上有条隐隐约约的小路，像一条蜿蜒的丝带，绕过远处的山丘，最后消失在视线里。

劳拉知道沿着小路走下去，就到了尼尔森先生的家，可是她想那一定不是小路的尽头，它会继续蜿蜒向前，再穿过一片洒满阳光的草地，跨过潺潺流淌的小溪，最后绕过山丘，通向世界的另一边。

这条小溪从低矮的梅林中流淌而出，两岸的梅树长得枝繁叶茂，郁郁葱葱，细长的树枝几乎要垂到水面上。溪水进入树林中，变得幽静而昏暗，也渐渐宽阔起来，水面变宽了，也变浅了，在细沙与砾石之间汩汩地流淌。溪水流到小桥附近时又变得狭窄，从桥下涓涓流过，注入一个大水潭中，潭水平静得犹如一面宝镜，四周围绕着茂密的柳树。

劳拉等玛丽赶上来后，两人一同踩着亮闪闪的砾沙和鹅卵石，走进小溪的浅水中。一群小鱼在她们的脚趾间游来游去，若是她们保持不动的话，这些小鱼就会张嘴轻轻咬她们的脚。这时，劳拉在水中发现了一只奇怪的动物。

它几乎和劳拉的脚一般大小，长着灰绿色的外壳，表面很光滑，两只前爪又长又大，带着两个扁平的大钳子，身体两侧长着几条短小的腿，鼻子里露出坚硬的毛，两只圆鼓鼓的眼睛瞪得大大的。

玛丽吓得大叫："这是什么东西？"

劳拉也不敢靠近它，只是弯下腰小心地观察这个怪东西。怪东西突然不见了，它爬得比水虫还快，劳拉看到一块平坦的岩石下冒着泥水，原来那个怪东西钻到石头下面去了。

过了一会儿，它伸出钳子夹了一下，接着偷偷向外张望，可是当劳拉慢慢靠近时，那个怪东西又快速躲到石头下面去了。劳拉向石头上泼水，只见那个怪东西突然跑出来，张开大钳子去夹劳拉的脚指头，劳拉和玛丽吓得连声惊叫，从石头边跑开了。

她们用一根长树枝捅它，它伸出大钳子一下将树枝夹成两段，她们又换了一根更粗的树枝，这回它牢牢夹住树枝不放，劳拉只好把它提出水面，它的眼睛盯着自己缩起来的尾巴，另一个大钳子在空中不停地乱夹。最后，它终于松开树枝掉入水中，一转眼又躲到石头下面去了。

就这样，每当劳拉和玛丽用水泼那块石头时，它都会爬出来，挥舞着大钳子追赶她们，然后她们又尖叫着跑开。

她们玩累了，就坐在柳林中的小桥上休息，一边听小溪发出清脆悦耳的声音，一边凝望水面上泛起的点点银光。休息够了，她们便再次蹚入水中，向梅林走去。

梅树下面的溪水布满了淤泥,浑浊不清,玛丽不喜欢在泥泞的水中跋涉,所以她静静地坐在岸边,看着劳拉走入树丛中。

溪水在梅林深处静静地流淌,溪边漂浮着许多枯叶,劳拉每走一步,泥巴就会从脚趾间冒出来。溪水变得浑浊,空气中弥漫着一股发霉的味道,于是劳拉又转身走回阳光里,那里的溪水清澈见底。

劳拉发现自己的腿上和脚上好像沾上了泥巴,她想用清水把泥巴洗干净,却怎么也洗不掉,甚至用手擦也擦不掉。

原来那些"泥巴"是虫子!它们的颜色和泥巴相同,也像泥巴那样柔软,紧紧地贴在劳拉的皮肤上,无论如何也弄不掉。

劳拉在水中大叫:"天哪,玛丽,快来呀!"玛丽走过来,可是她不敢碰那些可怕的虫子,这些虫子让她感到恶心。劳拉比玛丽更觉得恶心,她可不想让这些恐怖的虫子一直粘在自己身上,于是抓起一只虫子,用指甲掐着向外拉。

那虫子被拉得很长很长,可还是粘在劳拉身上不肯下来。

玛丽着急地喊:"快停下,别再拉了,你就要把它拉断了!"劳拉没有停手,终于把它拉了下来,鲜血从它附着的地方流了出来。

劳拉把这些虫子一只接一只拉下来,每个创口都在流血。

她再也没有心情继续玩耍了,用清水洗干净手脚后,就跟玛丽一起回家了。

她们回到家时,正好是吃午饭的时候,爸爸也在家里。劳拉告诉他,小溪里有些没眼没头又没腿的虫子,粘到她的皮肤上弄不下来。

妈妈说那些虫子叫水蛭,医生用它们给病人治病,爸爸管它们叫吸血虫,还说它们生活在泥里、昏暗的地方和平静的水里。

劳拉说:"它们真讨厌。"

爸爸说:"那就不要再到泥里去了,如果你不想再被吸血的话,就离它们远一点。"

　　妈妈说："好了，我想你们也没有太多时间去溪边玩了，因为我们搬了新家，这里离镇上又不远，你们该上学了。"

　　劳拉和玛丽惊讶得说不出话来，她们互相看看彼此，心里想："上学？"

19. 捕鱼笼

劳拉听说了很多有关学校的事，却一点儿兴趣也没有，她简直不能想象一整天都不去溪边，那将会是一种怎样的感觉。她问妈妈："妈妈，我必须去上学吗？"

妈妈说她马上八岁了，是个大姑娘了，应该去学校读书认字，不能再到梅溪去玩耍了。

劳拉说："可是妈妈，我认识字呀，求求你，不要让我去学校，我认识字的，不信你听！"

她拿起一本叫作《米尔班克》的小说，翻开一页，紧张地看着妈妈念道："米尔班克镇上的门窗都关闭了，门把手上的黑纱随风飘动着……"

妈妈说："劳拉，你这不叫读书，因为你经常听我给爸爸读它，所以记住了而已。而且，除了阅读还有别的东西要学，比如拼写、写作和算术。别再说了，周一早上你和玛丽就去上学。"

玛丽正坐在一旁缝衣服，她看起来很像一个爱上学的好孩子。

从披屋门外传来爸爸敲东西的声音，劳拉赶忙凑过去看热闹，爸爸的锤子差一点儿就砸到她。

"哦，多危险啊。"爸爸吓了一跳，"差点砸到你，我一猜就是你，我的小不点，你总是围着我转，突然就冒出来了。"

劳拉好奇地问："爸爸，你在做什么？"爸爸正用锤子将几条木板钉起来，是盖房子剩下的木板。

爸爸回答："我在做捕鱼的笼子，要不要帮我？你给我拿钉子。"

劳拉拿起钉子，一个个递给爸爸，爸爸再把它们钉进木板里，两人配合得十分默契。他们做的这个笼子又窄又长，没有盖子，木板与木板之间留了很宽的缝隙。

劳拉问："怎么用它捕鱼呢？如果把笼子放进小溪里，鱼儿从缝隙里游进去，也能从缝隙里再游出来呀。"

爸爸神秘地说："等会儿你就知道了。"

他把钉和锤收好，扛起捕鱼笼，对劳拉说："我们一起去捕鱼吧。"

劳拉牵着爸爸的手，蹦蹦跳跳地走下山，穿过平地向小溪走去。他们沿着低矮的河岸继续前行，走过梅树丛，从这里开始，河岸变得更陡了，小溪变得更窄了，流水声也变得更大了。劳拉跟着爸爸从灌木丛里走出来，眼前出现了一个瀑布。

水流从悬崖上飞泻而下，拍打着岸石，发出巨响，落进下面的水潭中，顿时溅起亮闪闪的水花，卷起漩涡欢快地奔向远方。

劳拉看得入了迷，这样的景象让她看多久也不会厌烦，不过她必须先帮爸爸将捕鱼笼放进水中。他们将捕鱼笼放在瀑布的正下方，水流全部落入笼中，溅起了比之前更为壮观的水花，然后又从笼子的缝隙间涌出来。

爸爸说："劳拉，你看明白了吧，鱼儿随着瀑布一同落入笼子里，小鱼可以从缝隙间游出去，可是大鱼就不行了。它们无路可走，只能留在笼子里，这样我就能捉住它们了。"

正在这时，一条大鱼从瀑布上滑落，劳拉大喊："快看，爸爸，快看呀！"

爸爸将大鱼从水中捞出来，大鱼在他手中不停地挣扎，劳拉看得太入神了，差点掉进水中。他们对着这条银色的大肥鱼观赏了一会儿，爸爸又把它放回笼中。

　　劳拉提议说："爸爸，我们再抓几条好不好，这样就够我们晚上吃一顿了。"

　　爸爸说："劳拉，我还有工作呢，要给谷仓铺个草皮屋顶，还要耕菜园的地，再挖一口井，还有……"说到这里，他看到劳拉满脸期待的表情，又说："好吧，我的小不点，也许花不了太长时间的。"

　　说完，他们蹲下来继续等待，源源不断的流水直泻潭中，激起一朵朵晶莹的浪花，一遍又一遍地重复着相同的画面，可是飞落的水流又是不断变化

的，在阳光的照射下光彩夺目。冰冷的雾气从水中腾起，落到劳拉的脖子上，又变成温暖的水滴，灌木丛中枝叶茂盛，泥土中夹杂着清新的气味，飘散到温暖的空气中。

劳拉问："爸爸，我必须去上学吗？"

爸爸说："劳拉，你会爱上学校的。"

劳拉又说："可是我更喜欢这里。"

爸爸说："我知道，但是并不是每个人都有机会学习阅读、写作和算术。我认识你妈妈的时候，她是一名教师，后来她跟着我来到西部，我向她保证过，我们的孩子都会去学校学习知识。我们之所以留下来，正是因为离这里不远的镇上有一所学校，你就快八岁了，玛丽也九岁了，你们都到了上学的年龄，你们都要好好珍惜上学的机会，知道吗？"

劳拉叹了口气，说："知道了，爸爸。"这时，又有一条大鱼落下来，爸爸还没来得及把它抓起来，又掉下来一条！

爸爸用树枝做了一个鱼叉，将四条大鱼从笼子里拿出来，用鱼叉穿成一串。劳拉和爸爸回到家，妈妈看到四条又大又肥的鱼，惊讶得睁大了眼睛。爸爸剁掉鱼头，去掉内脏，然后教劳拉刮鱼鳞，爸爸刮了三条鱼，劳拉只刮了一条。妈妈把四条鱼裹上面粉，放入油中烹炸，晚饭时，每个人都吃到了味道鲜美的炸鱼。

妈妈说："查尔斯，你总能想到好点子，我正为吃什么发愁呢，春天里可吃的食物太少了。"春天的时候，爸爸不能去打猎，因为母兔子都怀了宝宝，小鸟也留在巢中孵蛋。

爸爸说："我们等着小麦丰收吧！到那时，天天都能吃腌肉，还有肉汤和蜂蜜喝！"

从那天起，爸爸每天早上出去干活之前，都会先去捕鱼。他每次都不会捕太多，只要够全家吃就行，然后把多余的鱼再放回水里。

爸爸捕到过很多种鱼，有水牛鱼、梭鱼、鲶鱼，还有长着两只黑角的大头鱼，还有些他自己也叫不出名字的鱼。总之，全家人每天顿顿都有鱼吃。

20. 上学

　　终于到了周一的早上，劳拉和玛丽洗好餐盘后，就回到阁楼上换衣服。她们穿上星期天才会穿的裙子，玛丽的裙子上印满了蓝色的树枝花纹，劳拉的裙子上印满了红色的树枝花纹。

　　妈妈给她们编好辫子，在辫子的末端系上发绳，她们穿戴整齐后，便戴上太阳帽准备出发了。

　　这时，妈妈带着她们来到卧室，走到一个箱子前蹲下，箱子里装着她最宝贝的东西。妈妈从里面拿出三本书，都是她小时候读过的书：一本拼写书、一本阅读书和一本算术书。

　　她看着玛丽和劳拉，表情十分严肃，于是姐妹俩也跟着严肃起来。

　　妈妈语重心长地说："玛丽、劳拉，我把这几本书送给你们，我相信你们会好好珍惜它们，用心学习的。"

　　她们一同回答："妈妈，我们会的。"

　　她把书放在玛丽手中，然后用干净的布将午餐盒包好，放到劳拉手中。

　　妈妈说："你们走吧，一定要听话啊。"

　　妈妈和凯莉站在门口送她们离开，杰克跟在她们身边一直跑下小山，它不知道她们要到哪里去。玛丽和劳拉走过草地，沿着爸爸的马车印往前走，杰克一路紧紧跟着劳拉。

当她们走到小溪的浅滩时，杰克停下来，坐在劳拉脚边，不安地看着她。劳拉不许它再跟着了，她俯下身轻轻抚摸它的头，想抚平它额头上的皱纹。可是杰克依然留在原地，忧伤地看着她们离开，渐渐走远。

她们一路上走得小心翼翼，生怕弄脏了干净的裙子。一只苍鹭从水面上跃起，伸开两条长腿，拍着翅膀飞向空中。劳拉和玛丽小心地走到草地上，因为若是再沿着马车印走下去，就会踩得一脚泥巴，等她们走到镇上时，必须保证小脚丫是干干净净的。

绿色的大草原一眼望不到边，在草原的衬托下，小山上的新家显得格外渺小。玛丽和劳拉越走越远，只留下杰克蹲坐在浅滩处静静地望着她们的背影。

玛丽和劳拉默默地向前走，野云雀站在枝头唱歌，晶莹剔透的露珠在草叶上闪闪发光，沙锥鸟迈开细长的腿优雅地散步，草原鸡咯咯地叫着，身后的小鸡也唧唧地叫个不停，几只小兔子举起前爪站在草地上，它们竖着长耳朵，瞪着圆圆的大眼睛看着玛丽和劳拉。

爸爸说过，这里到镇上不到三英里，只要沿着道路走就能到达，小镇的入口处有一幢房子。

白云悠悠地飘在广阔的天空中，在大草原的碧波上投下灰色的阴影，道路总是在最远处消失，等她们走到那里时，又继续向前延伸。一路上，只有爸爸的马车印清晰可见。

玛丽看着劳拉，不满意地说："我的天哪，劳拉，快把你的太阳帽戴上！否则你会晒得像印第安人一样黑，镇上的女孩们会怎么看我们？"

劳拉大声说："我不在乎！"

玛丽说："你肯定在乎！"

劳拉说："我才不呢！"

"你在乎！"

"我就不在乎！"

玛丽说："你像我一样害怕到镇上去。"

劳拉沉默了一会儿，最后还是拉起帽带，将太阳帽扣在头上。

玛丽说："不管怎样，我们还有彼此可以依靠。"

她们走了很久，终于看到了城镇，它看起来就像散落在无边大草原上的几块木头。她们走着走着，前面的道路变得十分低洼，视线里只剩下草地和蓝天。再往前走，城镇又出现了，变得越来越大，连烟囱里冒出的烟都看得清清楚楚。

干净的绿草地到这里就没有了，前面是落满灰尘的土道，这条土道绕过一栋小房子，一直通向不远处的商店，商店的门口有一条走廊，走廊下有几级台阶。

商店对面有一家铁匠铺，与街道离得很远，前面是一片空地。铺子里面有一个身材魁梧的人，穿着一条皮围裙，正在用力地拉风箱。他用火钳从火炉里夹起一块烧得通红的铁块，挥起铁锤，铿锵有力地砸在铁块上，炙热的火花在日光下四处飞溅。

空地的另一边挨着一栋建筑的背面，玛丽和劳拉走近这栋建筑，地面十分坚硬，一棵小草也看不到。

在建筑物前面，又有一条宽敞的土道与她们脚下的道路相交，路对面同样是两家商店。这时，一阵孩子们的吵闹声从前方传来，爸爸给她们指的路就到这里为止。

玛丽小声说："走吧。"可她站在原地，没有向前动弹一步，"前面就是学校了，爸爸说我们到这能听到小孩们玩耍时的叫喊声。"

劳拉此刻真想调头跑回家去。

她和玛丽走上另一条土道，朝着声音传来的方向走过去。她们穿过两家商店之间的街道，街道两边高高堆着许多木瓦板，爸爸用来建新家的木板一定就是从这里买的，她们走过木瓦堆，就看到学校了。

学校楼前不再是土道，而是一片草坪，草坪中间有一条长长的小路通向楼门口，一群男孩和女孩正在楼门前做游戏。

劳拉沿着小路走向他们，玛丽跟在她身后，所有人都安静下来，一双双眼睛注视着她们。就在劳拉走近他们的时候，她突然晃着手中的午餐盒大喊："你们像一群松鸡那样吵闹！"

劳拉这个举动实在太出乎意料了，所有人都惊讶地看着她，她自己更加感到不知所措，羞得满脸通红。玛丽倒吸一口气，喊道："劳拉！"这时，一个脸上长着雀斑的红发男孩冲她们叫嚷着，说："沙锥鸟，你们是沙锥鸟，细长腿的沙锥鸟！"

劳拉想要蹲下来，把双腿藏在裙子下面，因为她的裙子太短了，比其他女孩的裙子短很多，玛丽的也是。她们来到梅溪之前，妈妈就说过她们长得太快了，裙子一转眼就小了。她们的双腿露在裙子外面，看起来的确又细又长，就像沙锥鸟的两条细腿。

男孩子们一边指着她们，一边大声叫嚷："沙锥鸟！沙锥鸟！"

人群里走出来一个红发女孩，她把男孩子们推开，高声喊："闭嘴！你们太吵了！桑迪，快闭嘴！"红发男孩让她这么一吼，真的安静下来。她走到劳拉面前，友好地说："我叫克里斯蒂·肯尼迪，这个男孩是我的弟弟桑迪，他对你们没有恶意。你叫什么？"

她的一头红发紧紧绑在一起，有些不自然地翘起来，眼睛是深蓝色的，深得几乎变成了黑色，圆圆的脸蛋上长着雀斑，身后挂着一顶太阳帽。

她又问："那是你姐姐吗？那边的几个是我的姐姐们。"几个大一些的女孩正在和玛丽说话。"最大的叫内蒂，黑头发的叫凯西，还有唐纳德、我和桑迪。你有几个兄弟姐妹？"

劳拉回答："有两个，那个是玛丽，还有个小妹妹叫凯莉，她的头发也

是金色的。我们还养了一只狗叫杰克，我们的家在梅溪边，你住在哪里？"

克里斯蒂继续追问："你爸爸是不是驾着一辆由两匹枣红马拉的马车，那两匹马是不是长着黑色的鬃毛和尾巴？"

劳拉回答："是的，它们是山姆和大卫，是我们的圣诞礼物。"

克里斯蒂说："我见过他从我们家门前经过，这么说来，你们也在车上了，你在去比德尔家商店的路上能看到我们家，就是铁匠铺前面的那座房子。伊娃·比德尔小姐是我们的老师，那个是妮莉·奥尔森。"

妮莉·奥尔森长得很漂亮，金色的卷发垂在肩上，头上的发带系成两个大大的蝴蝶结，她穿着一条白色的薄亚麻裙，裙上点缀着蓝色的碎花，脚上还穿了一双鞋。

她将劳拉和玛丽从头到脚打量了一番，皱了一下鼻子，说："哼！乡巴佬！"

劳拉还没来得及开口说话，上课铃声就响了，一个年轻的女士站在门口，手中摇着铃铛，所有男孩和女孩都跟在她身后，陆续走进学校里。

　　她是一位美丽端庄的年轻女士，棕色的刘海与眉相齐，下面是一双明亮的棕色眼睛，一头棕色的长发编成辫子垂向脑后。她穿着紧身上衣，胸前有一排闪亮的纽扣，裙子从腰间紧紧束起，裙摆蓬松地垂下来，在身后形成一圈圈褶皱，她的脸上始终挂着甜美的微笑，让人感觉十分亲切。

　　她拍拍劳拉的肩膀，问："你是新来的学生吗？"

　　劳拉回答："是的，女士。"

　　老师又问："这是你的姐姐？"同时微笑地看着玛丽。

　　玛丽回答："是的，女士。"

　　老师说："你们跟我来吧，我把你们的名字记在名册上。"

　　她们跟着老师走进教室，一直走上讲台。

　　教室是用新木板建成的，天花板上钉着木瓦片，和家里阁楼上的一样。教室中间摆着一排用光滑的木板做成的长板凳，每个板凳都带有一个靠背，靠背的上部有两个凸出的桌架。只有第一排和最后一排的板凳比较特别，第一排板凳前面没有桌架，最后一排板凳没有靠背。

教室两边各有两扇玻璃窗，窗户和门都开着，和煦的微风吹进教室里，伴随着草叶的沙沙声，从窗户向外望去，一眼便可看到无边的大草原和阳光灿烂的天空。

劳拉和玛丽站在讲桌旁，把她们的名字和年龄告诉老师，劳拉没有东张西望，只是用眼睛环视四周。

门口有一张凳子，上面放着水桶，一旁的角落里竖着一把扫帚，讲桌的后面有一面墙，墙上挂着一块光滑的黑色木板，木板下面有个小凹槽，凹槽里躺着一根小白棍儿和一个紧包着羊皮的木块。劳拉心中好奇，不知道这些东西能用来做什么。

玛丽向老师展示自己能够认识和拼写的字，而劳拉看了妈妈的书之后摇摇头，她一个字也不认识，甚至连字母都认不全。

老师说："没关系，劳拉，你可以从头开始学习，而玛丽可以继续往下学，你们有石板吗？"

她们没有石板，于是一起摇摇头。

老师继续说："你们先用我的石板，没有石板就不能学写字了。"

她掀开桌板，把石板拿出来。老师的桌子好像一个大箱子，有一面是空的，让她可以把腿放进去。桌板上装有合页，可以抬起来，下面是老师放东西的地方，有几本书和一把戒尺。劳拉后来才知道，那把戒尺是用来惩罚学生的，比如那些上课时捣蛋和说悄悄话的人。不管是谁，只要是调皮不听话的，都必须走到讲桌旁边伸出手，让老师用戒尺在手心狠狠地打上几下。上课时，劳拉和玛丽从来不说悄悄话，也不会乱动，她们肩并肩坐在一起学习。她们坐在凳子上，玛丽的双脚能够到地面，而劳拉只能悬在半空中，她们把书放在桌架上打开，劳拉学书的前面，玛丽学书的后面，中间的书页都立了起来。

劳拉的班级里只有她一个人，因为不认字的学生就只有她一个。每到课间，老师就会把她叫到身边教她认字母，就在第一天吃午饭之前，劳拉认识了"ＣＡＴ（猫）"。突然，她联想到了另一个词"ＰＡＴ（专利）"，并且大声说了出来。

老师听了感到很惊讶，于是继续教她念"ＲＡＴ（老鼠）""ＭＡＴ（垫子）"，劳拉跟着一起念，她已经能够将课本的第一行完整地念下来了。

到了中午，老师和其他孩子都回家吃午饭了，空空荡荡的学校里只剩下劳拉和玛丽两个人，她们坐在树荫下的草坪上，打开午餐盒，一边吃面包和黄油，一边聊天。

玛丽说："我喜欢上学。"

劳拉说："我也喜欢，就是坐得腿有点酸，还有那个妮莉·奥尔森，我不喜欢她，她竟然叫我们乡巴佬。"

玛丽说："她说得没有错呀。"

劳拉不满意地说："即使没错，她也不用皱鼻子吧！"

21. 妮莉·奥尔森

从早到晚，杰克一直在浅滩那里等着她们。吃晚饭的时候，她们将学校的事情讲给爸爸妈妈听，当她们说自己在用老师的石板写字时，爸爸摇了摇头，她们不能永远借老师的石板写字呀。

第二天早上，爸爸从小提琴盒子里拿出一枚银币，让玛丽去买一块石板。

爸爸说："小溪里有很多鱼，足够我们维持到小麦丰收的时候。"

妈妈也说："还有土豆也快成熟了。"她用手绢把钱币包好，别在玛丽的衣袋里。

一路上，玛丽都紧紧抓着放钱币的衣袋，风儿吹得绿草和野花轻轻地摇摆，蝴蝶在野花间飞舞，小鸟在绿波中跳跃，兔子一跳一跳地在风中向前奔跑，湛蓝的天空中没有一丝云朵。劳拉提着午餐盒前后摇摆，蹦蹦跳跳地跟在玛丽身边。

到了镇上，她们走过主街道，爬上台阶，来到奥尔森先生开的商店里，爸爸说在这里能买到石板。

商店里有个很长的柜台，柜台后面的墙上挂满了架子，架子上摆放着铁锅、铁壶、油灯和灯笼，还有几匹五颜六色的布。另一面墙上靠着铁犁，旁边有几桶钉子和成卷的电线，墙上挂着锯、锤子、斧头和小刀。

柜台上放着一大块圆圆的黄色奶酪，柜台前的地板上有一桶蜂蜜和一桶咸菜，有个大木盒子里装满了饼干，旁边还有两个很高的木桶，里面装的是糖果，那些都是圣诞糖果，有满满两桶那么多。

这时，商店的后门突然开了，妮莉·奥尔森和她的弟弟威利追逐着跑进来，妮莉看到劳拉和玛丽又皱起了鼻子，一旁的威利冲着她们大喊："呀哈哈！细长腿的沙锥鸟！"

奥尔森先生厉声说道："威利，闭嘴。"可是威利不但没有闭嘴，还继续喊着："沙锥鸟！沙锥鸟！"

妮莉从劳拉和玛丽身边走过，把手伸进桶里抓糖果，威利也过来在另一个桶里抓，他们手里握着满满一把糖果，一颗接一颗放进嘴里。他们就这样站在玛丽和劳拉的面前，傲慢无礼地看着她们，连一颗糖果也没请她们吃。

奥尔森先生生气地说："妮莉，你和威利马上从这里出去！"

他们没有出去，一边盯着玛丽和劳拉，一边继续嚼着嘴里的糖果，奥尔森先生就没有再管他们了。玛丽给了奥尔森先生一枚银币，奥尔森先生把石板递给她们，说："你们还需要一支石笔，给你，一分钱一支。"

妮莉在一边嘲笑她们，说："她们身上一分钱也没有了。"

奥尔森先生说："没关系，你们先拿着，让你爸爸下次来镇上时再给我钱。"

"不用了，先生，谢谢你。"玛丽说完，转身和劳拉一起离开了，走到门口时，劳拉回头看了一眼，她看到妮莉正对着她做鬼脸，她的舌头被糖果染得红一块绿一块的，看起来十分恐怖。

玛丽叹了口气，说："我的天！我绝不会像妮莉·奥尔森那样坏。"

劳拉心想："我会，只要爸爸妈妈允许，我会比她更坏。"

她们看着手中的石板，板面是淡灰色的，十分光滑，木框干净完好地拼接在一起，组成精致的四边形。这块石板多么漂亮啊，可惜她们还差一支石笔。

爸爸已经为买石板出了不少钱，她们不想再向他要一分钱。两人默默无语地走着，劳拉突然想起了她们的圣诞节礼物，那是还在印第安准州的时候，一个圣诞节的早晨，她们发现自己的长筒袜里装了一分钱，而且一直保留到现在。

玛丽有一分钱，劳拉也有一分钱，可是她们只需要一支石笔，于是她们决定用玛丽的一分钱买石笔，然后她和劳拉共同拥有剩下的一分钱。第二天早上，她们没有去奥尔森先生的商店，而是到比德尔先生的商店买了一支石笔。那里是老师的家，她们买完石笔就和老师一同去了学校。

在这漫长而又炎热的几个星期里，她们每天都去上学，对学校的喜爱也随之加深。她们不但喜欢阅读、写作和算术，更觉得周五下午的拼写考试充满了乐趣。劳拉最喜欢课间休息的时候，她会跟着其他小一些的女孩一起在阳光下和风中追逐玩闹，到草地上摘野花、做游戏。

男孩子在教室这一边，小一些的女孩在教室另一边，玛丽和其他大一点的女孩像淑女一样坐在台阶上聊天。

妮莉·奥尔森很喜欢玩"编玫瑰花环"的游戏，所以她总是强迫小一些的女孩玩这个，其实大家早就玩腻了，只是没人敢拒绝妮莉。直到有一天，在妮莉开口之前，劳拉抢先说："我们玩'约翰叔叔'的游戏吧！"

"太好了！咱们就玩这个！"大家一边说，一边手拉手围成一圈，谁知妮莉一把抓起劳拉的长头发，将她推倒在地上。

她气愤地大喊："不许玩！不许玩！我要玩'编玫瑰花环'！"

劳拉从地上跳起来，举手就要给妮莉一个耳光，她的手突然停在半空中，因为她想起爸爸叮嘱过她不许打人。

"劳拉，过来一起玩吧。"克里斯蒂拉起她的手，劳拉气得脸颊发烫，头晕目眩，但她还是跟大家一起围着妮莉转起圈来。妮莉将头发甩到身后，整理了一下衣裙，得意扬扬地站在圆圈中间。这时，克里斯蒂开始唱了起来，大家也跟着一起唱：

> 约翰叔叔生病了
> 我们送他什么好？

　　"不对！不对！是'编玫瑰花环'！"妮莉疯狂地大叫，"否则我就不玩了！"她说完便从圆圈里跑了出去，没有人去追她。

　　克里斯蒂说："好了，莫德，你站到中间去。"她们又唱了起来。

> 约翰叔叔生病了
> 我们送他什么好？
> 一块馅饼，一块蛋糕，
> 还有苹果和布丁！
> 我们如何送给他？
> 装在金的碟子里。
> 我们派谁去？
> 派总督的女儿去。
> 总督的女儿出门啦
> 我们派谁去？

　　于是，所有女孩大声唱道，
　　"派劳拉·英格斯去！"
　　劳拉走到圆圈中央，大家又围着她跳起来，继续玩"约翰叔叔"的游戏，一直到老师摇起上课的铃声。妮莉坐在教室里哭鼻子，她发誓再也不理劳拉和克里斯蒂两个人了。

但是，一周之后，她邀请全班女孩到自己家里去参加星期六下午的聚会，还特别邀请了克里斯蒂和劳拉。

22. 城镇聚会

　　劳拉和玛丽从来没有参加过聚会，也不清楚聚会是什么样子的，妈妈告诉她们，聚会就是朋友们聚在一起度过的美好时光。

　　星期五放学回到家，妈妈把她们的裙子和太阳帽洗得干干净净，到了星期六的早上，又把它们熨得平整干爽。劳拉和玛丽特意把洗澡的时间从晚上提前到了早上。

　　"你们打扮得真漂亮，像花一样甜美。"她们从楼梯上下来，身上穿着为聚会而准备的裙子，妈妈见到不由得赞美一番。她给姐妹俩系好发带，嘱咐她们别弄丢了。"好了，你们要听话，注意礼貌。"妈妈再三叮嘱她们。

　　她们来到镇上，先去找凯西和克里斯蒂，这对姐妹也是第一次参加聚会。她们走进奥尔森先生的商店，因为羞怯而显得局促不安，奥尔森先生热情地说："欢迎你们来参加聚会，请直接往里走。"

　　她们走过糖果桶、咸菜缸和铁犁，来到了商店的后门。后门开着，妮莉身着盛装站在门口，奥尔森太太请她们到里面去。

　　劳拉第一次见到这么华丽的房间，她甚至忘记说"下午好，奥尔森太太""是的，夫人"和"不，夫人"。

　　房间的地板上铺着厚重的毯子，劳拉光脚踩在上面感到有些粗糙，毯子的底色是棕色和绿色，上面配有红色和黄色的螺旋形图案。墙壁和天花板是用窄木板拼接起来的，每块光滑的木板上都有一道细长的凹痕，黄木做的桌椅像玻璃一样明亮，浑圆的桌椅腿稳稳地站在地板上，墙上挂着色彩鲜艳的油画，为房间增添了一分美感。

奥尔森太太和蔼地说："孩子们，放下你们的太阳帽，到卧室里去玩吧。"

卧室里的木制床架同样光可鉴人，这里还有两样特别的家具，其中一个家具由许多抽屉组成，这些抽屉一个摞着一个，最上面有两个小抽屉和一对竖起来的弧形木框，里面镶嵌着一块大镜子。另一个家具上面放着个大瓷盆，有个瓷壶立在盆中，旁边摆着一个小瓷碟，里面搁着一块肥皂。

两个房间里都是玻璃窗，窗边挂着有白色花边的窗帘。

客厅的后面有一间大披屋，屋里摆着一架炉灶，和妈妈的新炉灶很像，墙上挂着各种各样的铁盆和铁锅。

客人们都到齐了，奥尔森太太在客厅里忙着招待大家，她身上穿的长裙子发出沙沙的声响。劳拉还想继续欣赏屋内的摆设，可是她听到奥尔森太太说："妮莉，把你的玩具拿出来，分给大家玩吧。"

"她们可以玩威利的玩具呀。"妮莉才舍不得让别人玩自己的玩具呢。

威利不高兴地大叫："我不许她们骑我的三轮车！"

妮莉说："把你的挪亚方舟和锡兵拿给她们玩。"奥尔森太太示意威利安静点。

挪亚方舟不仅让劳拉大开眼界，更让大家兴奋得惊叫连连，只见船上挤满了各种动物，她们跪下来仔细观察动物们的形态，笑得开心极了。有斑马、大象、老虎，还有骏马，和劳拉家里那本《圣经》上讲的一模一样。

那些锡兵分成两支军队，代表不同的阵营，一边身穿红色的军服，一边身穿蓝色的军服，颜色十分鲜艳。

她们又发现了一个木偶，是用薄薄的平板木头雕刻而成的。它身上粘着纸做的衣服，一件条纹夹克配着一条同样款式的条纹裤子，头上还戴了一顶红帽子。它的身体挂在一对红木棍儿上，只要拉扯红木棍儿，他就会马上跳起舞来。除此之外，他还会绕着手上的提线翻跟头，他倒立的时候，能用一只脚的脚尖够到鼻头。

一时间，挪亚方舟上的动物和锡兵成了聚会上的焦点，大一点的女孩也对它们爱不释手，她们看到木偶做出那些滑稽的动作，笑得眼泪都流出来了。

正在大家玩得开心的时候，妮莉走过来说："给你们看看我的娃娃。"

这是一个可爱的瓷娃娃，红扑扑的脸蛋光滑明亮，有一双水汪汪的黑眼睛，一张薄薄的红唇甜美地微笑着，弯弯的卷发黑亮黑亮的，她那精致小巧的手脚也是瓷做的，脚上穿了一双黑色的瓷鞋。

劳拉惊叹道："天哪，多漂亮的娃娃呀！妮莉，她叫什么名字？"

妮莉得意地回答："只不过是个旧娃娃而已，我早就玩腻了。你们等一下，我还有个蜡人娃娃。"

她随手将瓷娃娃扔进抽屉里，又拿出一个很长的盒子，小心地将它放到床上，轻轻打开盒盖，所有女孩都簇拥到她身边，睁大了眼睛看着。

一个栩栩如生的娃娃出现在大家眼前，她真的梳着一头金黄的卷发，柔软的发丝从她的小枕头上垂落下来；嘴唇微微张开，露出两颗洁白的小牙齿。蜡人娃娃闭着双眼静静地躺在盒子里，像个睡美人一样。

妮莉将她拿起来，她竟然睁开了眼睛，蓝宝石般的眼睛炯炯有神，脸上洋溢着微笑。只见她舒展双臂，嘴里喊着："妈妈！"

妮莉向大家解释说："按下她的肚子，她就会说话了。你们看，就像这样！"她狠狠地向娃娃肚子上打了一拳，可怜的娃娃大叫了一声："妈妈！"

娃娃身上的衣服不是蜡做的，而是真正的衣服。她穿着一件蓝色的真丝百褶裙，裙上装饰着精美的花边，下面穿着一条裙裤和一双蓝色的小皮鞋，它们还可以随意脱下来。

　　劳拉看得惊呆了，像失声了一般说不出话来，她情不自禁地伸出手指，想要摸一摸那条蓝色的真丝裙。

　　妮莉连忙叫了一声，阻止她说："不许碰！劳拉·英格斯，把你的手拿开！"

　　说完，她把娃娃搂在怀中，背对着劳拉，将娃娃放进盒子里。

　　劳拉觉得脸上火辣辣的，转身离开大家坐到椅子上，场面变得十分尴尬，大家都不知道如何是好。她们看着妮莉把盒子放回抽屉中，再小心翼翼地关上，然后又一起围着动物、锡兵和那个滑稽的木偶玩了起来。

　　奥尔森太太走进来，看到劳拉一个人默默地坐在椅子上，走过去问她要不要和大家一起玩，劳拉回答："谢谢，夫人，我更喜欢坐在这儿。"

　　奥尔森太太继续问："你喜欢这个吗？"她将几本书放在劳拉膝上。

　　劳拉很有礼貌地回答："谢谢，夫人。"

她捧起书小心地翻看起来，有一本特别薄，没有封皮，确切来说它不是书而是一本儿童杂志；另一本书的封皮很厚实，光滑明亮，封面上画着一个老太太，头上戴着尖尖的帽子，骑着扫把从黄色的大月亮前面飞过，下面写着几个大字"鹅妈妈"。

劳拉心中感叹，世界上竟然有如此精彩的故事书，每页都有一首音律优美的童谣，同时配上一幅精美的插图。劳拉能够读出其中的几首，她津津有味地看着，早把聚会的一切抛在脑后。

这时，她听到奥尔森太太说："小姑娘，快过来，你不会希望蛋糕都让别人吃掉吧？"

劳拉随口回答："我希望。"她突然意识到自己说错了，马上改口说："不，我不希望。"

餐桌上的桌布雪白明亮，上面放着许多高大的玻璃杯和一块精致至极的白色蛋糕，蛋糕外面裹着厚厚的蜜糖。

妮莉吵着说："我要最大的一块！"说着，她切下一大块蛋糕放到自己的盘中，其他女孩安静地坐着，等奥尔森太太给她们分蛋糕，奥尔森太太把切好的蛋糕放到贵重雅致的瓷盘中。

劳拉很奇怪玻璃杯里装的是什么，这时，她听到奥尔森太太问："你们杯里的柠檬水够不够甜？"原来是柠檬水，劳拉心想。她还是第一次喝到这种味道的水，刚喝的时候感觉甜滋滋的，可是等她吃了一口蛋糕再喝的时候，又变成酸溜溜的了。大家都很喜欢这种酸酸甜甜的味道，每个人都礼貌地回答："够甜了，谢谢，夫人。"

她们吃得很仔细，没有一块蛋糕屑掉到桌布上，也没有一滴柠檬水溅出来。

欢乐的时光总是很短暂，聚会结束了，劳拉没有忘记妈妈的叮嘱，很有礼貌地对奥尔森太太说："奥尔森太太，谢谢您的款待，我玩得很高兴。"

其他人也纷纷向奥尔森太太道谢。

她们走出奥尔森家的商店时，克里斯蒂对劳拉说："妮莉·奥尔森那么对你，我以为你会打她呢。"

劳拉悄悄地回答："哦，我可不会那么做！不过，我要让她尝尝我的厉害，嘘！千万不能让玛丽知道这件事。"

每逢星期六，劳拉和玛丽都会带着杰克去梅溪边玩耍，今天却是个例外。杰克独自守在浅滩那里，盼着她们早点回来，因为距离她们下次去溪边玩耍，还要等上整整一个星期那么久。

她们回到家，滔滔不绝地向妈妈讲述聚会上的趣事，妈妈听了之后说："对于别人的盛情款待，我们一定要给予回报。你们也邀请妮莉·奥尔森和其他同学来家里聚会吧，日子就定在下个星期六好了。"

23. 乡村聚会

劳拉对克里斯蒂、莫德和妮莉·奥尔森问："你们愿意来参加我家的聚会吗？"玛丽负责邀请大一点的女孩们，她们都愉快地答应了。

一周很快过去了，到了星期六早晨，她们把新家装饰得格外漂亮。客厅里窗明几净，窗边挂着换洗一新的粉色花边窗帘，劳拉和玛丽为壁橱重新做了一串纸星星，妈妈为聚会特别制作了蛋糕。

她先将鸡蛋打匀，和在白面里揉成一个个小面团，然后将面团放入沸腾的油锅中。面团开始晃动起来，慢慢浮出油面，整个翻过去，露出了膨胀的蜜褐色底部。这时候，它的下面也开始膨胀，最后变成圆滚滚的样子，妈妈再把它从锅中捞出来。

她把这些蛋糕放到碗柜中，等到聚会开始时再拿出来款待大家。

妈妈、劳拉、玛丽和凯莉都穿戴整齐，等着客人们到来。劳拉还不忘给杰克也洗了个澡，其实杰克平时总是干干净净的，一身雪白的短毛上点缀着褐色斑点，看起来俊美又健壮。

劳拉带着它走到浅滩，前方传来女孩们的欢声笑语，温暖的阳光洒在水面上，她们光着脚在水中嬉戏，溅起无数晶莹的小水花。只有妮莉愁眉苦脸地跟在后面，她脱掉鞋袜，抱怨沙砾弄疼了她的双脚，她生气地大叫："我不要光脚走路，我有鞋和袜子。"

她今天穿了新裙子，头上系着新的蝴蝶结发带。

克里斯蒂看着杰克，上前问："这就是杰克吗？"大家都围过来抚摸它，对它赞不绝口。杰克对妮莉友好地摇起尾巴，她却大声呵斥道："滚开！不许碰我的裙子！"

劳拉看了她一眼，说："杰克不会碰你的裙子。"

她们顺着小路向山上走去，小路两旁长满了绿油油的小草和五颜六色的野花，好似在微风中对她们点头微笑。她们不一会儿就来到劳拉家门前，看到妈妈站在门口，玛丽将自己的朋友一一介绍给她，她露出温暖的笑容向大家问好。可是妮莉拍拍身上漂亮的新裙子，傲慢地对妈妈说："我可不会穿最好看的裙子来参加这种乡下聚会。"

劳拉不管妈妈教她要如何保持修养，也不在乎爸爸会不会惩罚她，她决心要让妮莉为自己的傲慢无礼付出代价，她决不允许妮莉这样跟妈妈说话。

妈妈没有生气，依然微笑着说："妮莉，你的裙子非常漂亮，欢迎你来做客。"劳拉没有妈妈那么大度，她不会原谅妮莉。

大家都很喜欢这栋漂亮的房子，室内宽敞明亮，干净整洁，徐徐的微风从窗口吹进来，带来阵阵花草的清香，窗外是美丽辽阔的大草原，景色美不胜收。她们从楼梯爬上阁楼，看到劳拉和玛丽这片独一无二的小天地，每个人都羡慕不已，因为她们都没有这么棒的卧室。然而，妮莉却开口问："你的娃娃呢？"

劳拉不想把心爱的布娃娃夏洛特拿给妮莉·奥尔森看，于是回答："我不玩娃娃，我喜欢在小溪里玩耍。"

紧接着，她们带着杰克一起来到户外，劳拉带她们去看麦秆堆旁边的几只小鸡，还有菜园里绿油油的蔬菜和那片浓密的麦田。她们走下小山，来到梅溪地势较低的河岸，河岸两边的柳树拂动着柔软的枝条，不远处，有一座小桥搭在水面上。溪水从茂密的梅林深处汩汩流出，击打在鹅卵石上，掀起碎银般的水花，再从小桥下流过，最后注入齐膝深的水潭中。

玛丽和大一点的女孩们慢悠悠地沿路而下，凯莉也跟着出来玩。劳拉、克里斯蒂、莫德和妮莉跑进凉爽的溪水中，像一群欢快的小鸭子。她们将裙子撩到膝盖上面，以免浸到水中，她们互相追逐、戏水，惊动了浅水中的鱼群，鱼儿们一转眼便游得无影无踪。

阳光照在浅滩上，闪耀着点点银光，大一点的女孩们领着凯莉走过浅浅的水面，沿着小溪收集形状各异的鹅卵石；小一些的女孩们玩起了捉迷藏，她们一会儿走过小桥，一会儿跑到草地上，一会儿又跳进水里。正在大家玩得起劲儿时，劳拉想到了一个捉弄妮莉的主意。

她故意将大家带到大石头附近玩耍，螃蟹受了惊扰，从石头底下爬出来，劳拉看到它愤怒地挥舞着一双大钳子，探出墨绿色的脑袋向外张望。劳拉抓准时机把妮莉撞过去，同时踢起一大摊水花溅到石头上。

她假装大叫："哦，妮莉！小心哪，妮莉！"

只见螃蟹迅速扑向妮莉的脚趾，啪的一声夹了上去。

劳拉惊声尖叫："快跑！快跑！"她推着克里斯蒂和莫德向小桥跑去，然后自己跟在妮莉后面，妮莉疯狂地尖叫着，径直向梅树丛下的泥水里跑去。劳拉跑到碎石滩上停下来，回头看向大石头。

她对妮莉喊："妮莉，站住别动。"

妮莉停下来问："天哪，那是什么东西？是什么？它追过来了吗？"她的裙子在奔跑时滑落下来，裙摆浸在了泥水中。

劳拉对她说："是一只螃蟹，它的两把大钳子能把粗木棍夹成两段，所以毫不费力就能把我们的脚趾夹断。"

妮莉担心地问："哎呀，它跑哪儿去了？它追过来了吗？"

劳拉说："你先留在这，我回去看看。"她装模作样地走走停停，四处寻找，其实螃蟹已经回到石头底下去了，可是劳拉并没有告诉妮莉。一路上，她走得很慢,一直走到小桥上才回过头,看到妮莉正在梅树丛下张望,于是大声喊:"你现在可以出来了。"

妮莉走到干净的水域,大声地抱怨,说她讨厌这条恐怖的小溪,不想再玩下去了。她先用清水洗裙子上的污泥,接着洗脚,突然又尖叫起来。

原来,她的腿上和脚上都粘上了泥褐色的水蛭,洗不掉也拽不掉。妮莉叫喊着跑上岸,用尽全身力气来回踢腿,先是一只脚,接着是另一只,可是怎么也甩不掉那些水蛭,妮莉吓得叫个不停。

劳拉笑得倒在草地上打滚儿,边笑边喊:"快来呀,快来呀!看妮莉在跳舞呢!"

大家听到劳拉的笑声,都跑过来看发生了什么事。玛丽命令劳拉快去把水蛭摘掉,可是劳拉根本不听她的,只顾着躺在地上大笑。

玛丽生气地说:"劳拉,你快点起来,帮妮莉摘掉水蛭,否则我就去告诉妈妈!"

劳拉听到这里,终于站起来去拉妮莉腿上的水蛭,大家在一旁观看,当她们看到水蛭被拉得越来越长时,不禁惊声尖叫起来。妮莉哭喊着说:"我讨厌你的聚会,我要回家去!"

妈妈听到喊叫声急忙跑过来,她看到眼前的情景,立即安慰妮莉不要哭了,几条水蛭没什么大不了的。然后,她要求大家都回到房子里去。

餐桌上铺了洁白的桌布,上面放着插满鲜花的蓝色花瓶,看起来十分清新雅致,桌子两边整齐地摆着板凳。银闪闪的锡杯里盛着刚从酒窖拿出来的牛奶,冰凉爽口,奶香四溢,荷叶一般的大托盘里整齐地摆着蜜色小蛋糕。

蛋糕是空心的,看起来像个大泡泡,虽然不是很甜,但是香脆可口,酥脆的外皮入口即化。

大家吃了一块又一块,纷纷表示从来没吃过如此美味的食物,连见也没见过。

妈妈做了很多小蛋糕，每个人都吃得非常饱，牛奶也喝得一滴不剩，聚会就这样结束了。大家都礼貌地表示感谢，只有妮莉还在生气。

劳拉假装没看到妮莉气愤的模样，克里斯蒂拉着她悄悄说："我今天玩得太开心了，你竟然想出这个办法来惩罚妮莉，实在太妙了！"

劳拉一想到妮莉在岸边"跳舞"的那一幕，就打心底里觉得痛快。

24. 去教堂

星期六晚上，爸爸坐在台阶上抽烟，享受他晚饭后的悠闲时光。

劳拉和玛丽紧挨着他坐下，一个坐在左手边，一个坐在右手边，妈妈坐在门口，抱着凯莉轻轻晃着摇椅。

清凉的夜风徐徐吹来，伴着不远处梅溪喃喃的低语，深蓝色的天空中布满了星星，像一群可爱的孩子对大家眨着眼睛。

爸爸说："今天下午，我在镇上听说，新教堂要举行一场布道。我遇到了本地教会的奥尔登教士，他邀请我们去参加，我答应了。"

妈妈惊喜地说："哦，查尔斯，我们很久没去过教堂了！"

劳拉和玛丽从没见过教堂，不过她们看到妈妈高兴的样子，便猜到去教堂一定比参加聚会还有意思。过了一会儿，妈妈说："幸好我的新衣服做好了。"

爸爸说："你穿上新衣服一定美极了，我们明天必须早点出发。"

第二天早上，全家就开始忙碌起来，忙着吃早饭，忙着做事情，妈妈自己穿好衣服后，又忙着给凯莉梳妆打扮，然后赶忙从楼下喊："孩子们，快下来，我给你们系发带。"

她们听到妈妈的喊声，迅速来到楼下。妈妈穿着新裙子站在她们面前，是那么光彩照人，劳拉和玛丽都看呆了。这是一条黑白相间的印花裙，前面有一排黑色的纽扣，裙子从身后束起来，蓬松的褶皱垂到脚面。领子是立起来的，边缘装饰着针织花边，延伸到胸前打成一个美丽的蝴蝶结，一枚金闪闪的胸针将衣领和花边别在一起。妈妈的脸庞秀丽迷人，面颊微红，一双眼睛清澈明亮。

她让劳拉和玛丽转过身，快速给她们绑好发带，然后牵起凯莉的手，和劳拉、玛丽一起走到门口的台阶上，转身将大门锁好。

凯莉看起来就像《圣经》中的小天使，她穿了一身白裙，戴着白色的小太阳帽，裙上和帽子上都装饰着花边。几绺金色的卷发垂在耳边，一双亮晶晶的大眼睛从帽檐下偷偷看向外面，样子严肃又认真。

这时，劳拉发现自己的粉色发带竟然绑在玛丽的辫子上，她连忙用手捂住嘴巴，才没让自己叫出声来。她又低头看看自己的辫子，上面果然绑着玛丽的蓝色发带！

妈妈一定是太着急了，所以才给她们绑错了，她和玛丽你看看我，我看看你，什么也没说。因为劳拉不喜欢粉色，可是她的头发是褐色的，和粉色更搭配；而玛丽呢，她真的很讨厌蓝色，但是她的一头金发要配上蓝色的发带才漂亮。

爸爸赶着马车过来了，山姆和大卫昂首挺胸，迈着优雅的步伐走在前面，它们的皮毛被刷得亮堂堂的，在清晨的阳光下显得油光闪亮，柔顺的鬃毛和飘逸的尾巴一抖一抖的，让它们看起来更加威武。

马车的座位上和车厢里各铺了一条干净的毛毯，爸爸先小心地扶妈妈上马车，然后把凯莉放到妈妈怀里。接着，他抱起劳拉，轻轻抛进车厢里，劳拉的辫子也顺势飞了起来。

妈妈看到劳拉的辫子，惊讶地说："天哪，亲爱的，我给劳拉绑错了发带！"

爸爸说："马车跑得很快，不会有人注意的。"劳拉听完爸爸的话，松了一口气，因为她可以继续绑着心爱的蓝色发带了。

　　劳拉和玛丽肩并肩坐在车厢里，身下的毛毯干净柔软，非常舒服。她们将辫子搭在肩膀上，相视而笑，因为她们只要低头就能看到自己喜爱的颜色。

　　爸爸愉快地吹起口哨，山姆和大卫便向前奔跑起来。这时，劳拉听到爸爸唱起了歌。

　　　　哦，每到星期天的早上，
　　　　妻子坐在我的身旁，
　　　　马车就要出发了，
　　　　我们飞驰向远方！

妈妈温柔地说："查尔斯，今天就是星期天呀。"于是，大家一起唱起来。

　　　　有这样一片乐土，
　　　　它在很遥远的地方，
　　　　圣徒在这里获得荣耀，
　　　　如同白昼一样光辉绚烂！

　　梅溪远远地从柳林中奔流而出，在乱石间跳跃着，翻腾着洁白的水花，在阳光下闪着银光。山姆和大卫跑过浅滩，车轮卷得水花四处飞溅，马车渐渐消失在大草原尽头。

　　马车轻快地在小路上奔跑，路边的青草非常茂盛，几乎完全遮住了小路。鸟儿高声唱，蜂儿采蜜忙，一只个头儿很大的蚱蜢咻的一下从草中飞出来，又咻的一下消失不见了。

　　他们很快就来到镇上，铁匠铺还没有开张，商店也是一样。大街上，无论男女老少都身着盛装，朝教堂的方向走去。

新教堂就盖在离学校不远的地方，爸爸驾着马车穿过草地，朝着目的地继续前进。这座建筑和学校很像，只有一个地方十分特别，它的最顶层有一座小屋，四周没有围墙，里面也是空空的。

劳拉奇怪地指着它问："那是什么？"

妈妈回答："劳拉，快把手放下，那是钟楼。"

马车一直到教堂高大的门廊前才停下来，爸爸扶着妈妈走下马车，劳拉和玛丽不等爸爸帮忙，便自己跳了下来。爸爸把马车赶到教堂旁边阴凉的地方，取下山姆和大卫身上的缰绳，再把它们牵到车厢边拴好。

人们穿过草地，走上台阶，井然有序地进入教堂，教堂里面是一片庄严肃穆的景象。

爸爸终于走过来，他抱起凯莉，和妈妈一起走进教堂，劳拉和玛丽把脚步放得很轻，紧紧地跟着他们。最后，他们在一条长板凳上坐下来。

教堂的结构也和学校差不多，只是让人感觉陌生又空旷，即使发出一点声音，也会经过墙壁的反射而产生清楚的回声。

教堂的讲台上有一张高高的桌子，一个又高又瘦的男人站在桌子后面，他身穿黑色长袍，系着黑色的大领结，有着黑色的头发和一脸浓密的胡须。大家都低下头，虔诚地聆听，劳拉也像大家一样端正地坐着，听那个男人向上帝祈祷，眼睛盯着自己辫子上的蓝色发带出神。

突然，她听到身边有一个声音说："跟我来。"

劳拉吓了一跳，她抬头看见一位美丽端庄的女士站在面前，一双温柔的蓝眼睛充满笑意。劳拉听到她又说了一遍："女孩子们，跟我来，我们去上主日学校的课。"

妈妈向她们点点头，劳拉和玛丽便跟了上去，她们从没听说星期日还要上学。

这位漂亮的女士把大家带到角落里，全校的女孩子都到齐了，她们互相看着彼此，没人知道是怎么回事。这位女士把板凳围成一圈，让劳拉和克里斯蒂坐在她身边，又让其他女孩子也坐下，然后做了自我介绍。原来她是托尔太太。托尔太太依次询问了每个人的名字，然后说："现在，我要给你们讲故事了！"

劳拉听到"故事"两个字，马上来了兴致，只听托尔太太讲道："很久以前，有一个婴儿出生在埃及，他的名字叫摩西。"

劳拉听到这里，便再也没有兴趣听下去，因为她对摩西藏身蒲草箱里的故事再熟悉不过了，连凯莉都知道这个故事。

故事讲完了，托尔太太笑得更亲切了，说："接下来，我们学习《圣经》，好不好？"

大家一同回答："好的，夫人。"她依次教给每人一小节《圣经》，并且要求她们记下来，等到下个星期日背给她听，这就是她们主日学校的学习内容。

轮到劳拉时，托尔太太拥抱了她，脸上带着像妈妈一样温暖、甜美的笑容，和蔼地说："我们最小的姑娘可不能学得太难，我给你挑一节最短的吧！"

劳拉心中马上猜到了是什么内容，可是托尔太太微笑着对她说："只有三个词啊！"她念了一遍，然后问："一个星期的时间，你能记得住吗？"

劳拉惊讶地看着托尔太太，《圣经》里再长的章节和整首诗歌，她都能背诵出来，而托尔太太竟然只让她背三个词！可是，她不想让托尔太太扫兴，只好回答："我能记得，夫人。"

托尔太太高兴地说："真是我的好孩子！"劳拉听了心想："可我是妈妈的好孩子啊。"托尔太太又说："你跟着我说一遍，好不好？"

劳拉觉得很害羞。

托尔太太鼓励她说："试一试。"劳拉低着头，小声说了一遍。

托尔太太激动地说："非常正确！那么，你能不能记下来，等到下个星期日再背给我听？"

劳拉点点头。

然后，大家都站起来，开始唱《金色的耶路撒冷》这首歌。其实，她们中没有几个人知道歌词和曲调，劳拉听到大家乱唱一气，不禁感到好笑。她们回到原先的位置上坐下，劳拉很高兴又回到爸爸妈妈身边。

那个又高又瘦的男人一直站在讲台上说个没完。

劳拉心想："也许他永远也停不下来吧。"她无聊地望向窗外，看到蝴蝶在自由飞舞，小草随风摇摆；她听到风儿吹过屋顶，好似在低声发着牢骚。她一会儿低头看看头发上的蓝色发带，一会儿又观察自己的每一根手指，惊叹于它们互相配合得如此完美。她把手指交错地搭在一起，看起来像一个屋顶。她实在太无聊了，只好抬头看着天花板，她的两条腿悬得太久，开始隐隐作痛。

大家终于都站起来，再次唱起歌来，歌声结束后，这场布道也随之画上了句点，他们终于可以回家了。

那个又高又瘦的男人就是奥尔登传教士，他站在门口，和爸爸妈妈握手、问候，然后弯下腰，握了一下劳拉的手。

他微微一笑，浓密的胡须间露出洁白的牙齿，湛蓝的眼睛里流露出温暖的目光，对劳拉问："劳拉，你喜欢上主日学校的课吗？"

突然间，劳拉从心里爱上了主日学校，于是回答说："我很喜欢，先生。"

奥尔登先生接着说："那么，你一定要每个星期日都来哟！我们等着你。"劳拉看得出，奥尔登先生真的会等她来上课，他一定不会忘记。

在回家的路上，爸爸说："卡罗莱，能和这些同样努力生活的人们走到一起，实在太好了。"

妈妈满怀感激地说："是呀，查尔斯。接下来的一周都会充满了希望。"

爸爸回过身，问道："孩子们，这是你们第一次去教堂，感觉怎么样？"

劳拉回答："他们唱歌太难听了。"

爸爸听了大笑起来，对劳拉解释说："因为没有人伴奏，所以大家唱的音调都不一样。"

妈妈说："查尔斯，现在每人手里都有一本赞美诗集。"

爸爸说："将来我们也能买几本。"

从那以后，劳拉和玛丽每个星期日都去教堂，她们去了三四次之后，才又见到了奥尔登传教士来布道。奥尔登传教士的教堂位于东部，因此，他不能每个星期日都到西部的教堂来，这里是他布道的地方。

自从有了主日学校，星期日不再漫长又无聊，而是充满乐趣。在主日学校的课上总有很多有趣的事，如果奥尔登传教士也在的话，那就再好不过了。奥尔登传教士总是想起劳拉，劳拉有时也会想起他，他管劳拉和玛丽叫"我的乡下小姑娘"。

一个星期日，爸爸、妈妈、玛丽和劳拉围坐在餐桌前，谈论当天主日学校的事情，爸爸说："我要和那些穿着体面的人们打交道，就必须买一双新靴子，你们看看我脚上的这双鞋。"

他把脚伸出来让大家看，那双补了又补的旧靴子中已经露出了脚趾头。

她们从靴子的裂口中看到了爸爸红色的针织袜，靴子边缘的皮革磨得很薄，而且卷了起来，爸爸说："这双鞋已经没有地方可补了。"

妈妈说："哦，查尔斯，我很想让你买一双新靴子，可是上次你给我买了新布料做裙子。"

爸爸思索了半天，终于做了决定，说："下个星期六，我会去镇上买一双新靴子，虽然三美元是个不小的数目，但我们维持到小麦丰收应该不成问题。"

接下来的一周里，爸爸每天都忙着晒制干草，他还帮尼尔森先生堆好了干草，尼尔森先生为了表示感谢，把家里那台工作效率很高的收割机借给爸爸使用。爸爸说现在正是晒制干草的好季节，他还从没见过如此干爽晴朗的夏天。

劳拉再也没有心思去上学了，她想跟爸爸一起到干草地里，看那台了不起的机器，如何从轮子后面探出长长的镰刀，割掉成片的干草。

星期六的早晨，劳拉坐马车来到地里，帮爸爸把最后一车干草装好。他们望着金黄的麦田，粗壮的麦秆长得比劳拉还高，黄澄澄的麦穗仿佛在冲她点头微笑，它们沉甸甸的，压得麦秆直不起腰。他们摘了三颗硕大饱满的麦粒，把它们带回家给妈妈看。

爸爸说，等到小麦丰收了，他们不仅能还清债务，买到自己想要的东西，而且能剩下一大笔钱。他想换一辆新马车，妈妈想要一件真丝裙，再给每个人买一双新鞋，而且每个星期日都能吃到牛肉。

吃过午饭，爸爸换了一件干净的衬衫，从小提琴盒子里拿出三美元，准备去镇上买新靴子。不过，爸爸今天得走着去镇上了，因为马儿已经工作了一天，必须让它们留下来休息。

爸爸回到家时，已经快到晚上了。劳拉和杰克在大石头旁玩耍，她看到爸爸爬上小山，便飞快地从溪边跑回家。

每到星期六，妈妈都会给大家做烤面包吃，此时，她正忙着将面包从烤箱里拿出来。

她转过身看向爸爸，惊讶地问："查尔斯，你的新靴子呢？"

爸爸说："卡罗莱，是这样的，我遇到了奥尔登牧师，他想给钟楼装一口钟，可是善款筹集得还不够。镇上的人都各尽所能捐过钱了，刚好还差三美元，所以我就把钱捐给他了。"

妈妈听了，感叹地说了句："哦，查尔斯！"

爸爸低头看看靴子上的破洞，说："我会想出办法把它补好的，你知道吗，我们这里也能清楚地听到教堂的钟声。"

妈妈没有说话，转身回到炉灶旁，劳拉感到如鲠在喉，不声不响地走出门，坐在台阶上，她多么希望爸爸能有一双新靴子啊。

这时，她听到爸爸说："卡罗莱，别担心，小麦很快就要丰收了。"

25. 蝗虫来了

一天又一天过去，小麦丰收的日子近在眼前。

爸爸每天白天都会去地里察看，晚上谈论的也全是小麦的话题，他还给劳拉带回一些细长、坚硬的麦穗，麦粒长得十分饱满，眼看就要把麦壳撑破了。

爸爸说："照这样下去，我们下周就可以收小麦了。"

天气热得要命，太阳像个大火球，灼热的光线照得人们睁不开眼睛，大地热得像蒸笼一般，闷热的空气从草原上升起，让人热得喘不过气来。孩子们无精打采，懒洋洋地坐在教室里，黏糊糊的松脂从墙板上落下来。

星期六早上，劳拉和爸爸一起去看麦田，麦秆长得几乎和爸爸一样高了，爸爸将劳拉举到自己的肩膀上，劳拉终于可以看到金黄的麦子连成一片，仿佛一片金色的海洋。

吃午饭的时候，爸爸说他还是第一次见到这么好的收成，田里的小麦足有四十蒲式耳，每蒲式耳小麦的价格是一美元，他们马上就要有钱了，想买什么都不用愁了。劳拉听到这里，心想："爸爸终于可以买一双新靴子了。"

大门敞开着，劳拉面朝门口坐着，阳光从门外照射进来。突然，劳拉发现好像有什么遮住了阳光，她使劲儿揉揉眼睛，以为自己看花了眼。可是光线真的暗下来了，天色越来越黑，直到阳光被完全遮挡起来。

妈妈担心地说："暴风雨要来了，一定是乌云挡住了阳光。"

爸爸连忙起身走到门口，若真是暴风雨来了，麦田可就要遭殃了，他仔细观察了一会儿，匆忙走了出去。

天色看起来很奇怪，并不像暴风雨来临前那种光线的变化，也没有黑压压的乌云，劳拉感到有些害怕，她不知道为什么会出现这种诡异的天气。

她跑到外面，看见爸爸正抬头望着天空，妈妈和玛丽也跟着走出来，爸爸问："卡罗莱，你看那是什么？"

一团好似乌云的东西挡住了太阳，但是与他们见过的乌云很不一样，它看起来好像是一团雪花，但是比雪花大，也比雪花薄，还闪着亮光，阳光从缝隙间照射出一个个忽隐忽现的小光点。

外面一丝风也没有，小草静止了，闷热的空气好像也凝固了，而天空中的那团"乌云"在一点点扩大。突然，杰克身上的毛都竖了起来，对着"乌云"发出骇人的吼叫。

砰的一声，有什么东西砸到劳拉头上，然后掉在地上，她定睛一看，竟然是一只硕大的蝗虫。接着，褐色的大蝗虫噼里啪啦地从天而降，砸到她的头上、脸上和胳膊上，像冰雹一样从天上掉下来，落得满地都是。

原来那片"乌云"正是这些蝗虫聚集而成的，它们的身体挡住了阳光，闪光的是它们透明的翅膀。它们振动着翅膀，发出嗡嗡的声音，让人听了心烦，漫天的蝗虫犹如冰雹一般，有力地打在地上和屋顶上。

劳拉想把蝗虫从身上弹开，可是它们牢牢地粘在她的皮肤和裙子上，鼓着大眼睛看向她，来回转着脑袋。玛丽大叫着跑回屋里，地上到处都是密密麻麻的蝗虫，台阶上已经没有落脚的地方，劳拉只好踩着蝗虫走上去，脚下的蝗虫虽然被踩烂，可身体还在蠕动着，她感觉脚底黏糊糊的。

妈妈迅速地关上所有窗户，爸爸走进屋里，站在门口向外张望，劳拉和杰克就站在他身边，一起向外看。一眨眼的工夫，地上的蝗虫便落了厚厚一层，它们收起长长的翅膀，用健壮的双腿满地乱跳，到处都是翅膀的呼呼声和冰雹般的撞击声。

突然，又传来另外一种奇怪的声音，这是成千上万只蝗虫聚在一起啃咬东西的声音。

爸爸惊声喊道："我们的小麦！"话音未落，他已经冲出后门向麦田跑去。

无数只蝗虫在疯狂地啃食一切能吃的东西，一只蝗虫吃东西的声音十分微弱，人们几乎听不到，除非你把它放在手上，拿草叶喂它，并且非常仔细地听。可是此刻，有成百上千万只蝗虫一起啃咬东西，成百上千万张嘴发出的声音汇集在一起，那该有多么恐怖啊。

劳拉从窗口向外看，只见爸爸转身向马厩跑去，他把山姆和大卫套上马车，然后以最快的速度把肥料堆上的烂草装上车。妈妈也急忙跑了过去，拿起另一把干草叉，帮着爸爸一起装草。装好以后，爸爸就驾着马车奔向麦田，妈妈跟在后面。

爸爸驾着马车围绕麦田跑了一圈，在马车跑过的地方扔下一堆堆烂草，妈妈弯下腰，将草堆点燃。滚滚黑烟立刻冒出来，向四周扩散开，劳拉看着妈妈点燃一个又一个草堆，到了最后，麦田、妈妈、爸爸和马车都消失在浓烟之中。

天上依旧不断有蝗虫掉下来，光线也依旧昏暗，那片"乌云"依旧将太阳挡在后面。

妈妈回到家，先进了披屋，脱下身上的外套，把从外套上抖落的蝗虫踩死，麦田四周的草堆都已经点燃，也许浓烟能保护麦田免遭蝗虫的破坏。

房子里的门窗都关得严严实实，让人透不过气来，大家都沉默不语，小凯莉吓得大哭，妈妈把她抱起来也不管用，最后她哭累了才沉沉睡去。蝗虫啃咬东西的声音继续从外面传进来。

渐渐地，黑暗消失了，阳光再次普照大地，地上爬满了蝗虫，它们一刻

不停地啃咬小山上的嫩草叶，即使是大草原上的深草丛也未能幸免，到处都是一片狼藉。

劳拉从窗口向外看，小声说："哦，快来看。"

她们透过玻璃窗，看到蝗虫正在柳树枝头啃咬柳叶，柳叶已经所剩无几，只剩下光秃秃的细枝，整棵柳树上都爬满了蝗虫。

玛丽说："我不想再看了。"说完便离开了窗口，劳拉也不想再看下去，可是她好像被施了魔法一样，一直盯着眼前的这一幕。

两只大母鸡带着一群走路蹒跚的小鸡，正尽情地享受天上掉下来的美食。它们以前就算飞快地追在蝗虫身后，也捉不到半只，可是现在，它们只要伸长脖子就能啄到。它们这下可高兴坏了，伸着脖子向四面八方乱啄一气。

妈妈说："这回我们不用买鸡饲料了。"

菜园里四处凋零，土豆、胡萝卜、甜菜和豆角，各种新鲜蔬菜都被蝗虫一扫而光，它们不仅啃掉了玉米秆上的长叶子，连玉米穗和玉米皮也没放过。

任何人面对这种情形，都会束手无策的。

黑烟依然笼罩着麦田，劳拉有时候能隐约看到爸爸的身影，他翻了几下草堆，更多的浓烟冒了出来，爸爸的身影便又消失了。

到了接斑点回家的时间，劳拉穿上长筒袜和鞋，系好头巾走出去，斑点站在梅溪的浅滩上，一边晃动着身体一边摇着尾巴。从地洞对面传来牛群低沉的鸣叫声，劳拉心想："草地上到处都是蝗虫，所以牛才没有吃饱。"如果蝗虫把草都吃光了，牛就要饿肚子了。

劳拉的衣服上、头巾上都落满了蝗虫，她只好不停地拂去手臂和脸上的蝗虫。一路上，她和斑点不知将多少只蝗虫踩得粉身碎骨，终于回到了牛棚。

这时，妈妈戴着头巾来到牛棚挤奶，劳拉便留下来帮她。不断有蝗虫飞到牛奶里，她们根本驱赶不过来，虽然妈妈在桶上盖了一块布，可是当她们挤奶的时候必须再拿下来，妈妈只好用锡杯将牛奶里的蝗虫舀出来。

她们进屋时，蝗虫也跟着爬进来。玛丽正忙着做晚饭，有几只蝗虫居然跳到了炙热的炉灶上，妈妈赶快把食物盖起来，然后她们把蝗虫全部弄死，再用铲子把它们的尸体扔进炉灶里。

爸爸回来吃晚饭，山姆和大卫也回到牛棚吃饲料，妈妈没有问他麦田里情况如何，只是微笑着说："查尔斯，别着急，一切都会好起来的。"

爸爸被浓烟呛得说不出话来，妈妈倒了一杯茶，送到他面前，说："查尔斯，喝杯茶，清一清嗓子里的烟。"

爸爸喝完茶后，又载着一车烂草回到麦田里。

到了睡觉的时候，劳拉和玛丽依然能听到蝗虫啃咬、咀嚼和飞来飞去的声音，虽然床上一只蝗虫也没有，但是劳拉总觉得它们还在身上爬，胳膊和脸颊都觉得痒痒的。在黑暗中，蝗虫那双鼓起来的大眼睛在她眼前挥之不去，就这样，劳拉伴着这些奇怪的感觉睡着了。

直到第二天早上，爸爸也没有回来，他整夜都在麦田里工作，让浓烟一直笼罩着麦田，连早饭也没回来吃。

大草原往日的美丽不复存在，绿草消失了，再也看不到碧波荡漾的美景。旭日东升，照在东倒西歪的深草丛里，映出凌乱的影子，难看极了。

柳树上已经看不到柳叶，梅树丛里只剩下稀稀落落的梅子，挂在光秃秃的树干上，蝗虫还在肆无忌惮地破坏周围的一切。

中午的时候，爸爸赶着马车回来了，他先把山姆和大卫送回牛棚，然后拖着沉重的脚步走进来。浓烟熏黑了他的脸，整夜未眠的工作让他的双眼布满血丝，他将帽子挂在门后，走到桌边坐了下来。

他沮丧地说："卡罗莱，没用的，烟阻止不了它们，它们从四面八方掉下来，跳进麦田里，麦子全完了。它们的牙齿像镰刀一样，转眼就把麦子吃了个精光。"

他说着，用双手捂住脸，劳拉和玛丽默默地坐在原地，全家人都陷入悲伤之中，只有凯莉坐在她的高椅上，一只手用饭勺敲打着桌面，伸出另一只手去拿面包，她还太小，不清楚家里发生了什么事情。

妈妈安慰爸爸说："查尔斯，没关系的，我们以前也有过艰难的时候。"

劳拉看着爸爸脚上的靴子，上面打了很多补丁，心里有说不出来的难过。现在，爸爸又不能买新靴子穿了。

过了一会儿，爸爸抬起头开始吃饭，他的嘴角勉强挤出一丝笑容，可是双眼却变得黯淡无光，不再闪烁着希望的光芒。

他说："卡罗莱，别担心，只要我们努力，总会有办法渡过难关的。"

劳拉忽然想起，他们还欠着盖新房的钱，爸爸说过，等到小麦丰收的时候才能还清。

吃饭的时候，大家都沉默不语，爸爸吃饱了就躺在地板上睡着了，妈妈给他头下垫了一个枕头，然后让劳拉和玛丽保持安静。

她们将凯莉带回卧室，把纸娃娃拿给她玩，这样她就不会吵到爸爸。房子里静悄悄的，只听得到屋外蝗虫啃咬东西的声音。

一天天过去了，蝗虫还是吃个没完，地里的小麦和燕麦都被吃光了，无论是菜园里，还是大草原上，只要是绿色的东西都未能幸免。

劳拉担心地问："爸爸，那些可怜的兔子和小鸟该怎么办？"

爸爸说："劳拉，你看看周围。"

放眼整个大草原，兔子和小鸟不见踪影，除了疯狂啃食一切的蝗虫之外，就只剩下草原鸡，它们伸长脖子跑来跑去，大口大口地把蝗虫吞进肚子里。

到了星期日，爸爸带着劳拉和玛丽去主日学校上课，火辣辣的太阳挂在空中，炙烤着大地，妈妈担心凯莉受不了这么炎热的天气，便带着她留在家中。山姆和大卫也留在凉爽的牛棚里，爸爸、劳拉和玛丽只好步行到镇上去。

劳拉已经记不清有多久没下过雨了，梅溪的水位下降了不少，露出溪底的石头，在太阳下晒得干热干热的。一碧千里的草原风光消失不见了，如今只看到一片死气沉沉的土黄色，不计其数的蝗虫在大草原上蹦来跳去，视野中一丝绿色也看不见。

一路上，劳拉和玛丽不停地拂去身上的蝗虫，可是等她们到达教堂时，衣服上还是落了厚厚一层。她们在教堂门口停下来，仔细地整理衣衫，尽管她们万般小心，可蝗虫吐出来的草汁还是弄脏了她们最漂亮的衣服。

那些脏兮兮的污点怎么也擦不掉，她们只好穿着污迹斑斑的衣服走进教堂。

镇上许多人都准备离开，回到东部去，克里斯蒂和凯西也要搬走了，劳拉和玛丽分别与好朋友依依不舍地道别。

她们不能再去上学了，因为鞋子要留到冬天穿，而现在又不能光脚踩着蝗虫走路。幸好学校马上就要放假了，这个冬天，妈妈会在家里继续教她们读书，等到明年春天开学时，她们也不会落在后面。

爸爸继续在尼尔森家干活，这样他就可以继续使用尼尔森先生的耕犁，他开始耕耘那片光秃秃的麦田，准备来年再种下小麦。

26. 蝗虫卵

　　玛丽喜欢在家里练习阅读和算术，可是劳拉早就厌烦了这些东西，于是和杰克一起去梅溪边走走。其实，劳拉也不是很想出去玩，因为外面的景象实在太糟糕了。

　　梅溪快要干涸了，只剩从沙砾中渗出来的细小水流，小桥上没有了柳树投下的阴影，梅树丛变得稀稀疏疏，溪水上漂着浮渣，那只螃蟹早已不知去向。

　　太阳像个大火炉，挂在昏黄的天空中，把干裂的大地烤得发烫。在这炎热的天气里，蝗虫似乎也变得烦躁起来，四处弥漫着难闻的味道。

　　劳拉突然发现一件怪事，满山遍野的蝗虫都垂下尾巴，一动不动坐在地上，劳拉用手指戳了几下，它们也没有任何反应。

　　她将一只蝗虫拨开，下面露出一个小洞，她用树棍从洞里挖出一些灰色的东西，很像肉乎乎的虫子，但是它们看起来不像是活的。劳拉从来没见过这东西，杰克凑过来闻了闻，也露出了疑惑的表情。

　　劳拉跑到麦田里，想问爸爸这是什么东西，可是她发现爸爸没在犁地，山姆和大卫站在耕犁旁边，而爸爸在没开垦的地上走来走去，时而盯着地面仔细观察。过了一会儿，他走进麦田里，把耕犁搬上车，驾着山姆和大卫回牛棚去了。

　　劳拉知道，爸爸一定发现了什么严重的事情，所以才突然停下刚做了一半的活，她一路飞奔到牛棚，看到山姆和大卫已经被拴在畜栏里了，爸爸将马具挂起来，马具上的汗水还没有干。他走出来时看见劳拉，没有像平时那样有说有笑，两人一起慢慢地走回家。

妈妈抬头看着他，问："查尔斯！现在情况怎么样？"

爸爸沮丧地说："蝗虫正在产卵。你去门前看看，到处都是几英尺深的小洞，洞里填满了蝗虫卵。不仅是麦田里，整个草原上都布满了它们的卵洞，密密麻麻地一个挨着一个，你看这里。"

他从口袋里拿出一个东西，张开手让妈妈看，正是劳拉发现的那个灰色的东西。

爸爸接着说："这是蝗虫卵的卵壳，我把它切开了，每平方英尺的土地上有八到十个卵洞，每个卵洞里都有一个卵壳，每个卵壳里有三十五或四十个虫卵，整个大草原上的虫卵不计其数。"

妈妈听完，瘫坐在椅子上，双手无力地垂在身体两侧。

爸爸眼里充满绝望，说："我们明年也种不成庄稼了，等到这些虫卵孵化以后，这里还是一片绿叶都剩不下。"

妈妈惊呼："天哪，查尔斯！我们该怎么办？"

爸爸坐下来，说："我不知道。"

玛丽探出头往楼下看，长长的辫子从楼梯上垂下来，她焦急地看向劳拉，发现劳拉也正看着自己。她默默地走下楼梯，背对着墙站在劳拉身旁。

爸爸突然站起来，原本黯淡的眼睛里闪出热烈的光芒，劳拉从没见过爸爸这样的眼神。

他激动地说："卡罗莱，我坚信一点，那些恼人的蝗虫不会将我们打败的，等着瞧吧，我们一定会想出办法来渡过难关的。"

妈妈说："查尔斯，你说得对。"

爸爸说："一定会的，我们身体健康，还有房子为我们遮挡风雨，比很多人幸运多了。卡罗莱，你早点做午饭，我吃完到镇上找点活儿干，你不用担心！"

爸爸吃过午饭便到镇上去了，妈妈、玛丽和劳拉准备为他做一顿丰盛的晚餐，妈妈做了一锅酸奶和松软干酪，干酪球做得非常精致漂亮。玛丽和劳拉将煮好的土豆切成片，再由妈妈做成土豆沙司，她们还准备了面包、黄油和牛奶。

她们做好晚饭，洗干净头发，换上了漂亮的裙子，系好了发带。她们给凯莉穿了一件白裙子，还把一串印度念珠挂在她的脖子上，她们打扮得漂漂亮亮，等待爸爸回来。这时，小山上走来一个熟悉的身影。

全家人一起度过了愉快的晚餐时光，大家吃光了所有食物，这时，爸爸推开自己的盘子说："卡罗莱。"

妈妈问："查尔斯，什么事？"

爸爸说："我想到办法了，明天早上我要到东部去。"

妈妈听了，惊讶地说："哦，查尔斯！不要这样。"

爸爸看着劳拉，安慰她说："劳拉，没事的，不要哭。"劳拉真的没有让眼泪流出来。

爸爸对大家说："东部现在正是丰收的时候，蝗虫最多向东飞了一百英尺，再往东的庄稼都完好无损。这是唯一能找到工作的机会，所有西部的男人都赶往了那里，我得尽快启程才行。"

妈妈说："如果你觉得这是最好的选择，那就去吧。我会照顾好孩子们，你不用担心。可是，查尔斯，这一路要辛苦你了！"

爸爸说："嗯，大概有一两百英里吧？"他低头看了一眼脚上的旧靴子。劳拉明白，爸爸怀疑这双靴子能不能走那么远的路，她听到爸爸又说："一两百英里算不了什么！"

接着，他拿出小提琴，在夜幕下演奏了很久，劳拉和玛丽一直坐在他身边，妈妈在一旁摇着凯莉的摇篮。

他演奏了《迪克西的土地》《孩子们，让我们团结在旗帜下》和《边境上的蓝绒帽》几首歌曲，还唱道：

> 哦，苏珊娜，不要为我哭泣！
> 我将要启程去加利福尼亚，
> 膝上放着我的淘金盘！

他最后演奏了《坎贝尔一家来了，万岁！万岁！》和《生活让我们彼此珍惜》，然后收起了小提琴，他明天还要起个大早，所以必须去睡觉了。

爸爸说："卡罗莱，收好那把旧提琴，它让我的心中充满勇气。"

天一亮，爸爸吃完早饭和大家吻别后，把衬衫和袜子卷进工作服里，背在肩上便出发了。他走到梅溪时向大家挥挥手，然后头也不回地走了，最后消失在大家的视线中，杰克紧紧靠在劳拉的身边。

她们望着爸爸消失的背影，又静静地站了一会儿，妈妈收起悲伤的情绪，微笑着说："孩子们，从现在起，我们要照顾好家里的一切。玛丽和劳拉，你们快去送斑点和牛群会合吧。"

说完，她带着凯莉回到屋里，另一边，劳拉和玛丽跑到牛棚里，牵着斑点向溪边走去。大草原变得一片荒芜，饥饿的牛群只能沿着小溪的两岸寻找食物，吃一些柳枝的嫩芽和梅树丛里的树叶，还有去年夏天残留的枯草。

27. 下雨了

爸爸走了之后，日子变得沉闷又无聊，劳拉和玛丽觉得度日如年，距离爸爸回来的日子还遥遥无期，她们的脑海中总是浮现爸爸渐行渐远的背影，还有他脚上那双满是补丁的旧靴子。

杰克的鼻子一点点变成了灰色的，性格也变得沉稳安静，它时常望着爸爸离开的小路发呆，小路上空空荡荡的，它以为爸爸不会再回来了。

烈日炎炎的天空下，大草原上寸草不生，一片死气沉沉，旋风卷着尘沙从这里呼啸而过。远远望去，草原的边际好似一条蛇在缓慢地蠕动，妈妈说这是因为热空气流动，让眼睛产生了错觉。

柳树上没有一片叶子，梅树丛也不再枝叶繁茂，房子里成了唯一有阴凉的地方，梅溪和水井都干枯了，水潭里的水少得可怜，地洞附近的泉水仿佛让人关上了阀门，不再有清泉汩汩流出，而是变成一点点滴落的水滴。晚上，妈妈把水桶放在泉眼下接水，等到第二天早上把接满的水桶提回家，换另一个水桶继续接水。

早晨的工作结束了，妈妈、玛丽和劳拉坐在家里休息，外面像个大蒸笼，连风中也带着热气，牛群饿得叫个不停，声音低沉而无力。

斑点饿得骨瘦如柴，每根肋骨都清晰可见，一双大眼睛凹陷下去，它每天都跟着牛群去寻找食物。没有了鲜嫩的青草，它们只好吃一些溪边的灌木和低矮的柳枝，斑点的奶水不再香甜，而且一天比一天少。

山姆和大卫的日子也不好过，因为干草要维持到明年春天，所以它们总是吃不饱肚子。劳拉牵着它们走过干枯的河床，到深水潭去饮水，每到这个时候，它们就会翘起鼻子，在脏兮兮的水面上嗅来嗅去。溪水不再清澈凉爽，可是它们还得喝下去。

星期六的晚上，劳拉要到尼尔森家去。看看有没有爸爸的来信，她沿着木板桥对面的小路走下去，沿途不再有美丽的景色了，直接就能看到尼尔森先生的家。

尼尔森先生家的房子又矮又长，墙壁刷成了白色，他的牛棚也是又矮又长，屋顶上盖了厚厚的干草。房子盖在大草原的一个斜坡下面，依地势而建，与爸爸的房子和牛棚十分不同，看起来很有挪威人的特色。

房子里面整洁明亮，宽大的睡床上放着柔软蓬松的羽绒被和枕头，墙上挂着一幅漂亮的画，画上是一位身穿蓝裙的夫人，画框金光闪闪，外面盖着亮粉色的纱罩，防止苍蝇爬上去。

劳拉没有收到爸爸的来信，尼尔森太太告诉她，下个星期六尼尔森先生会再去邮局询问。

劳拉说了一句："谢谢夫人。"便急忙回家了，她走过木板桥又爬上小山，渐渐放慢了脚步。

妈妈说："孩子们，不要垂头丧气的，我们下个星期六就会收到信了。"

可是，下个星期六依然没有爸爸的来信。

她们不去上主日学校了，因为凯莉走不了那么远的路，而妈妈又抱不动她。劳拉和玛丽不能总穿着鞋，如果她们把鞋穿破了，到了冬天就没得穿了，可是她们又不能光着脚去主日学校。

所以，每个星期日，她们都留在家里，穿上最漂亮的裙子，不用穿鞋，也不用系发带，玛丽和劳拉背诵《圣经》里的章节，妈妈给她们讲《圣经》

里的故事。

　　一个星期日，妈妈给她们讲了一个有关蝗灾的故事，这个故事发生在很久以前，她讲道："整个埃及和海岸线上到处都是蝗虫，它们成群结队，不计其数。

　　"蝗虫爬满地面，大地变成黑色，它们吃光了地上的青草和树上的水果，整个埃及不留一丝绿色。"

　　劳拉觉得这段故事描写得那么逼真，她嘴里重复着那些话，心想："整个明尼苏达州不留一丝绿色。"

　　然后，妈妈给她们读上帝对善良人许下的承诺："带领他们走出那片土地，来到一片辽阔、富饶，遍地是牛奶和蜜糖的地方。"

　　玛丽问："妈妈，那个地方在哪里？"劳拉也好奇地问："怎么可能遍地是牛奶和蜜糖呢？"她可不想踩着牛奶和黏糊糊的蜜糖走路。

　　妈妈合上《圣经》，把它放在腿上，说："你们的爸爸认为明尼苏达州就是这样一个地方。"

　　劳拉问："怎么可能？"

　　妈妈回答："如果我们坚持到最后的话，也许它就是这样的。

　　"劳拉，如果奶牛在这片土地上有足够的草吃，它们就会产出很多的牛奶，到那时候就会遍地是牛奶；如果这片土地上开满鲜花，蜜蜂在鲜花上采蜜酿蜜，到那个时候就会遍地是蜜糖了。"

　　劳拉点点头，说："哦，是这么回事啊，还好我们不用在牛奶和蜜糖上走路。"

　　凯莉用她的小拳头捶打着《圣经》，哭喊着说："我热！好痒！"妈妈把她抱起来，可是她一把将妈妈推开，抽泣着说："你也热！"

　　凯莉身上起了很多痱子，皮肤红通通的，看着让人心疼。劳拉和玛丽里面穿着衬裙，外面套着长袖高领的束腰裙子，闷得几乎喘不过气来。

凯莉热得口干舌燥，可是她将水杯推到一边，咧着嘴说："难喝！"

妈妈对她说："你最好喝了它，谁不想喝一口凉水，可是根本没有啊。"

劳拉说："真希望能喝一口甘甜的井水啊。"

玛丽说："我想吃冰棍儿。"

劳拉又说："我希望自己是个印度人，这样就不用穿这么多衣服了。"

妈妈大声制止她，说："劳拉！今天可是星期日！"

劳拉想了想，说："好吧，我知道了！"房子里不仅闷热，还散发着木头的味道，松脂落在褐色的木板上，风干后形成一颗颗黄色的硬珠。热风一阵阵吹来，伴随着此起彼伏的牛叫声，杰克把头转向另一边，长长叹了口气。

妈妈也叹了口气，说："我愿意付出一切换一口新鲜空气。"

就在这时，一阵凉风吹进来，凯莉不哭了，杰克抬起了脑袋，妈妈说："孩子们，你们有没有……"妈妈话还没说完，又是一阵凉风袭来。

妈妈从披屋跑出去，站在房子的阴影里，劳拉随后也跑了出来，玛丽带着凯莉跟在后面。屋外热得如同烤箱一般，劳拉感到热空气迎面扑来。

天空的西北边出现一团乌云，虽然这团乌云与无边的天空相比显得微不足道，但是它很快在大草原上投下一片阴影，似乎还动了起来。劳拉以为这只不过是热空气造成的错觉罢了，不过她马上发现这团乌云真的越来越近了。

劳拉用全力在心里默默地祈祷："求你过来吧！"她们都站在原地，举手遮住阳光，远远地注视着那团乌云和它投下的阴影。

乌云靠近了，越聚越大，越来越密，大草原的上空变得黑压压一片，乌云的四周翻滚膨胀起来，好像里面吹了气似的。阵阵凉风吹来，冷热空气交织在一起。

一时间，大草原上狂风大作，风卷起的尘沙在空中乱飞，太阳依旧挂在天上，如火炉一般烤着房顶、牛棚和干裂的大地，那团乌云还没有飘过来。

突然，一道白光划过天际，紧接着，灰色的幕帘从云中落下悬在空中，

挡住了对面的天空，原来是大雨倾盆而下。不一会儿，又传来一阵电闪雷鸣。

　　妈妈有些失望地说："孩子们，乌云离我们太远了，恐怕不会飘到这里来。不管怎样，天气总算凉快一点了。"

　　闷热的风中夹杂着一丝凉爽，那是雨水的味道。

　　劳拉说："妈妈，说不定乌云会飘过来的！"她们都在心里祈求着："过来吧，过来吧！"

　　风越刮越凉快，乌云的面积越来越大，很快盖住了半边天空。突然，远处的那片阴影越过平地，向小山上移来，大雨随后而至。豆大的雨点砸向小山，犹如千军万马势不可挡，倾盆大雨浇在房顶上，也浇在她们每个人身上。

　　妈妈连忙大喊："快进屋！"

　　雨水落在披屋顶上，传来"啪啪"的响声，凉爽的空气从披屋传进来，赶走了屋里闷热的空气。妈妈打开前门，系好窗帘，再把每一扇窗户都打开。

地面上涌起一阵令人作呕的气味，不过很快就被雨水冲刷干净，雨滴敲打着房顶，倾盆的大雨在房檐间架起瀑布，飞流直下。雨水使空气变得清新，新鲜的空气涌入屋内，劳拉顿时感到神清气爽。

浑浊的泥水四处流淌，不仅注满了地上的裂缝，也冲走了洞中的蝗虫卵，留下泥巴填平了虫洞。头顶上雷声滚滚，一道道闪电将天空照亮。

凯莉拍起小手大喊大叫，玛丽和劳拉欢快地跳起舞来，杰克摇着尾巴，在屋里跑来跑去。它跳上窗台，从每扇窗户向外望去，每次听到轰隆隆的雷声，便会冲着天空咆哮，仿佛在说："我才不怕你嘞！"

妈妈说："这场雨至少要下到傍晚。"

果然，快到傍晚的时候雨停了，乌云飘过梅溪，又飘过大草原，向东边移去，只剩下屋檐上的水滴还在噼里啪啦地落个不停。雨后的天空如同明镜一般，天边出现一片晚霞，好似一小团火焰，在太阳的映射下发出金灿灿的光芒。太阳落山了，天空挂满了亮晶晶的星星，空气凉爽，土地湿润，一切都让人感到心旷神怡。

劳拉此刻唯一的心愿就是爸爸也在身边。

第二天，火辣辣的太阳依旧升起，阳光刺得人睁不开眼睛，热浪一阵又一阵吹来，在夜幕降临之前，地上冒出了许多细嫩的草芽。

几天之后，荒芜的大草原上增添了一片绿色，经过雨水的灌溉，小草如雨后春笋般冒了出来，牛群终于不用再挨饿了。每天早上，劳拉给山姆和大卫套上马索，牵着它们去吃新长出来的嫩草。

牛群不再低声鸣叫，斑点一天天地肥壮起来，它的奶水不但越来越多，而且也恢复了往日醇香可口的味道。小山披上了一层绿纱，柳树和梅树丛也冒出了新芽。

28. 来信

　　劳拉整天都想念着爸爸。晚风吹过黑暗的大地，让人感到分外寂寞，每到这时，劳拉对爸爸的思念就变得愈加强烈。

　　刚开始的时候，她总是谈起爸爸。她好奇爸爸在那天走了多远的路，希望那双打满补丁的旧靴子能坚持到最后，她还想知道那天晚上爸爸在什么地方露营。后来，她不再跟妈妈谈起爸爸，因为妈妈无时无刻不在思念着他，她不喜欢谈论这些事，也不喜欢数着日子等星期六到来。

　　妈妈说："我们想想别的事，时间就会过得快些。"

　　到了星期六，她们一整天都在盼着尼尔森先生从镇上带回爸爸的信，劳拉和杰克在大草原上的小路徘徊，等待着尼尔森先生的马车。

　　可惜大家又空等了一场，妈妈说："没关系，肯定会收到信的。"

　　每当劳拉两手空空、垂头丧气地爬上小山时，她总是在心里想："会不会永远都收不到爸爸的信呢？"

　　她努力将这种想法赶出脑海，可惜没有成功。有一天，她看到玛丽的神情，明白玛丽也有同样的想法。

　　那天晚上，劳拉忍不住问妈妈："爸爸会回来的，对吗？"

　　妈妈大声说："爸爸当然会回家！"劳拉和玛丽听得出来，妈妈也在担心爸爸是不是出了什么事。

他的靴子可能坏了，只好光着脚一瘸一拐地走路；他可能让牛给顶伤了，也可能被火车撞了；他身上没有带枪，会不会让狼吃掉了？也许有一天晚上，他在漆黑的森林里露宿，突然有一只猎豹从树上向他扑过去……

又是一个星期六的下午，劳拉带着杰克去找尼尔森先生，她看到尼尔森先生走过木板桥，手里拿着一张白色的东西，劳拉飞快地跑下小山，因为他拿的正是一封信。

劳拉心里有说不出的高兴，一个劲儿地说："谢谢！谢谢！"她一口气跑回家，看到妈妈正在给凯莉洗脸，没等妈妈擦干双手就把信塞到她手上，然后气喘吁吁地坐下。

妈妈激动地说："是爸爸寄来的。"她太高兴了，好半天才用颤抖的手从头上拿下发夹，用它划开信封，把信抽出来，轻轻地展开，发现有张钱币夹在里面。

妈妈说："爸爸一切安好。"话音刚落，她抓起围裙捂住脸，喜极而泣。

过了一会儿，她放下手，脸上闪着喜悦的泪光，不停擦着眼睛上的泪水，给玛丽和劳拉读信上的内容。

信上说，爸爸赶了三百英里的路才找到工作，现在，他在田里帮人收小麦，每天能挣一块钱，他给妈妈寄来五块钱，自己留下三块钱买靴子。他还说，那里的庄稼长得很好，如果家里一切顺利，他打算一直干到丰收的工作结束。

她们非常想念爸爸，并且盼望他早点回家。不过，她们现在知道爸爸不仅平安无事，而且还买了新靴子，这是她们最开心的一天。

29.黎明前的黑暗

    天气渐渐转凉，午后的阳光也变得柔和了许多。清晨，空气中带着丝丝凉意，直到太阳升起之前，蝗虫都有气无力地在风中瑟瑟发抖。

    一天早上，大地铺上了一层厚厚的霜，树枝上挂满了霜花，那些银色的、晶莹的、毛茸茸的霜粒，在阳光的照射下闪闪发光。劳拉光脚踩在上面，感到一阵刺痛，她发现许多蝗虫都冻僵了，好像一个个雕塑散落在地上。

    几天之后，再也看不到一只活着的蝗虫了。

    冬天就要到了，寒风愈加凛冽，它发出的不再是轻声的低吟，而是尖锐的咆哮声。天空灰蒙蒙的，落下冰冷的雨点，不一会儿，雨点变成了飘舞的雪花，可是爸爸还没有回来。

    现在，劳拉出门的时候就必须穿鞋了，可是她觉得挤脚，又想不出为什么，因为这双鞋原来是很舒服的，玛丽也觉得鞋子挤脚。

    爸爸劈好的木柴都用完了，劳拉和玛丽只好戴上头巾，出去捡一些零散的木条。她们不顾寒风刺骨，把埋在雪地里的木条挖出来，然后到柳林里寻找用来生火的枯枝。

    一天下午，尼尔森太太来探望她们，还带来了她的小女儿安娜。

    尼尔森太太是个丰满而又漂亮的女人，她和玛丽一样，也梳着一头美丽的金发，一双碧蓝的眼睛明亮动人。她非常喜欢大笑，总会露出一排洁白的牙齿，劳拉喜欢尼尔森太太，可是她不喜欢安娜。

安娜比凯莉大一些，但是无论劳拉和玛丽说什么，她都听不懂，而且她们也听不懂安娜说的话，因为安娜说的是挪威语。她们不想带安娜玩，因为实在太无聊了。夏天的时候，每当尼尔森太太带着安娜来访，她们就跑到梅溪边玩耍；可现在是冬天，她们只好待在温暖的屋子里，陪着安娜玩，是妈妈要求她们这样做的。

妈妈说："孩子们，把你们的娃娃拿出来，带着安娜好好玩。"

劳拉拿出一盒纸娃娃，是妈妈用包装纸剪出来的。她们靠近火炉，在门边坐下。安娜看到纸娃娃高兴极了，把手伸进盒子里，掏出一个纸娃娃，一把撕成了两半。

劳拉和玛丽看了吓了一跳，凯莉睁着惊恐的大眼睛，而妈妈和尼尔森太太相谈正欢，没有看到这一幕。安娜挥舞着撕成两半的纸娃娃，开心地大笑。劳拉连忙盖上盒盖，可是过了一会儿，安娜玩腻了那个撕坏的纸娃娃，还想再拿一个，劳拉和玛丽面面相觑，都不知道该怎么办才好。

若是不给她纸娃娃，她一定会哭闹的，她还这么小，又是客人，决不能把她弄哭；但是，若把纸娃娃给她，她可能会把所有纸娃娃都撕烂。玛丽思考了一会儿，小声对劳拉说："去把夏洛特拿来，夏洛特可撕不坏。"

劳拉急忙爬上楼梯，留下玛丽耐心地安抚着安娜。劳拉最心爱的夏洛特放在屋檐下的盒子里，红色的纱线做成弯弯的小嘴，两颗鞋扣是她的眼睛。劳拉轻轻地把她拿起来，为她整理了一下黑毛线的卷发和裙子，夏洛特没有脚，两只手缝在扁平的手臂上。别看夏洛特只是个用碎布做成的玩偶，它可是劳拉最宝贝的圣诞礼物。

那是很久以前的事了，当时她们还住在威斯康星州的大森林里。

劳拉带着夏洛特爬下楼梯，安娜看到夏洛特时，兴奋得大声欢呼，她一会儿拽拽夏洛特的眼睛，一会儿扯扯它的卷发，甚至把它狠狠地摔在地上，劳拉在一旁紧张地看着，一颗心就快提到嗓子眼儿了。但是这些都不要紧，劳拉等会儿重新整理一下夏洛特的裙子和头发就可以了。

不知过了多久，尼尔森太太终于要带着安娜回家了，可是就在这时，发生了一件可怕的事——安娜想把夏洛特也带回家。

或许她以为夏洛特是她的，又或许她对自己的妈妈说，夏洛特是劳拉送给她的，尼尔森太太微笑地看着她。劳拉想把夏洛特抢回来，可是安娜哭着不肯松手。

劳拉生气地说："把我的娃娃还给我！"可是安娜又哭又闹，紧紧抓着夏洛特不放。

妈妈说："劳拉，安娜是妹妹，又是客人，你应该让着她，而且你已经长大了，不该再玩娃娃了，就送给安娜好了。"

劳拉只好乖乖听话，她站在窗口，看着安娜抱着夏洛特，兴高采烈地下山去了。

尼尔森太太离开后，妈妈又说："劳拉，你都这么大了，还为了一个娃娃生气，到此为止吧。你平时很少玩它了，不可以那么自私，知道吗？"

劳拉默默地爬上楼梯，走到窗边坐下，虽然她没有哭，可是没有了夏洛特她很伤心。爸爸不在家，夏洛特也离开了，劳拉听着寒风在屋檐下咆哮，感觉一切都空荡荡的，心中不禁泛起一丝凉意。

到了晚上，妈妈抱歉地对劳拉说："劳拉，对不起，我要是知道你那么在乎夏洛特，我决不会把它送人的。可是，我们不应该只想着自己，你想一想，安娜得到夏洛特是多么开心啊。"

第二天早上，尼尔森先生拉来一车木头，然后花了一天时间为妈妈劈好木柴，家里的木柴又高高地堆起来了。

妈妈说："你看，尼尔森先生很照顾我们，他们是好邻居，现在，你是不是很高兴把娃娃送给安娜了？"

劳拉噘着嘴说："妈妈，我不高兴。"她的心一直在哭泣，为了爸爸，也为了夏洛特。

又是一场寒雨，地上结了一层冰，大家没有再收到爸爸的信，妈妈想，他一定已经动身回家了。晚上，劳拉听着屋外的风声，她多想知道爸爸此刻在哪里啊。有好几次早上醒来时，木柴堆上都落满了积雪，可是爸爸依然没有回来。每到星期六的下午，劳拉就会穿上长筒袜和鞋，戴上妈妈那宽大的头巾，去尼尔森先生家询问爸爸的消息。

她敲开门，问尼尔森先生有没有收到爸爸的信，她从不愿意进屋去，因为看到夏洛特她会更伤心的。尼尔森太太说没有收到信，劳拉道了声谢就回家了。

一天，天上下着暴雪，劳拉在尼尔森家的谷仓前，发现有什么东西被扔在空地上，她停下来仔细一看，竟然是夏洛特。它被丢在水坑里，身上都结了冰，原来安娜已经把它丢弃了。

劳拉心痛极了，她强忍怒气敲开了尼尔森家的门，尼尔森太太说因为天气太恶劣了，尼尔森先生没有到镇上去，但是他下周一定会去的。劳拉说了句"夫人，谢谢你。"便转身离开了。

雨雪不停地打在夏洛特身上，它那美丽的卷发都快被安娜扯掉了，弯弯的小嘴也开了线，红色的纱线贴在脸颊上，好像流出的鲜血，它的一只眼睛不见了。可是不论它变成什么样子，它还是夏洛特。

劳拉一把抓起夏洛特藏到头巾下，在风雪中一路跑回家，累得上气不接下气，妈妈看到她进门时的样子，吓得马上站了起来。

妈妈担心地问："出了什么事？快告诉我！"

劳拉气喘吁吁地回答："尼尔森先生没有到镇上去，可是妈妈，你看……"

妈妈急忙问："究竟出了什么事？"

劳拉说："是夏洛特，我……我偷偷把它带回来了，我不管，妈妈，我不管，我就是要把它带回来。"

妈妈说："好了好了，别激动，慢慢说。"

她坐到摇椅里，拍拍自己的腿，柔声地说："过来，把整个事情讲给我听。"

劳拉把事情经过讲了一遍，她们最后得出结论：劳拉把夏洛特带回来并没有做错，因为对于夏洛特来说，这是一场可怕的经历，是劳拉救了它。妈妈向她保证，一定会让夏洛特焕然一新的。

妈妈拆掉了它的头发、嘴巴和剩下的一只眼睛，再把它彻底洗干净，涂上浆，熨干爽，又让劳拉从碎布袋里选了一块淡粉色的布和两粒黑纽扣，重新给夏洛特做了漂亮的小脸蛋儿和大眼睛。

晚上，到了睡觉的时间，劳拉把夏洛特放回盒子里，夏洛特现在又变得干干净净，一张红嘴唇微微翘起，一双黑眼睛炯炯有神，一头金褐色的长发编成两个小辫子，上面还系了蓝色的蝴蝶结发带。

劳拉钻进被窝里，和玛丽依偎在一起，外面狂风呼啸，雨雪拍打着屋顶，房子里实在太冷了，劳拉和玛丽不禁把脑袋也缩进了被子里。

突然，一阵噼里啪啦的声音把她们吵醒了，周围一片漆黑，她们藏在被子下面，感到十分害怕。这时，她们听到楼下有人大声地说话。

"哎呀，我怀里的木柴怎么掉到地上了？"

妈妈笑着说："查尔斯，你是故意想把孩子们吵醒吧。"

劳拉大叫一声，从床上一跃而起，飞快地跑下楼梯，冲进爸爸怀里，玛丽也紧随其后。她们有说有笑，高兴得又蹦又跳！

爸爸那双蓝色的眼睛里闪着喜悦的光芒，头发都一根根立着，看上去神采奕奕，他的脚上还穿了一双新靴子。他从明尼苏达州的东部赶了两百英里的路，然后又在这个漆黑的夜晚，冒着风雪从镇上赶回家，此刻他就在大家身边！

妈妈说："你们怎么还穿着睡衣，快去换衣服，早饭已经好了。"

她们迅速地换好衣服，速度比平时快多了，然后高高兴兴跑下楼梯，给了爸爸一个拥抱；她们洗漱完毕，又给了爸爸一个拥抱；她们梳好辫子后，再次给了爸爸一个拥抱。杰克摇着尾巴，在地上转来转去，凯莉用她的小勺敲打着桌面，开心地唱着："爸爸回家了！爸爸回家了！"

大家都围着餐桌坐好，爸爸说自己实在太忙了，几乎没有时间写信，他说："我们从早到晚都忙着打谷，直到回了家也没有时间写信，我也没带什么礼物回来，但是我们有钱了，可以买很多礼物。"

妈妈对他说："查尔斯，你能平安回家就是给我们最好的礼物。"

吃完早饭，爸爸想去牛棚看看，大家也跟着他一起去，杰克围在他身边，寸步不离。爸爸看到山姆、大卫和斑点都养得结实肥壮，心里很高兴，他说就算自己亲自照顾，也不会比这做得更好了。妈妈表扬了玛丽和劳拉，说她们可是帮了大忙。

爸爸感慨地说："哎呀，回家的感觉真好。"他看着劳拉问："劳拉，你的脚怎么了？"

劳拉高兴得忘了脚疼的事，如果她记得的话，一定不会这样一瘸一拐地走路，她说："爸爸，我的鞋挤脚。"

回到家，爸爸坐下来，把凯莉放在膝上，然后俯身检查劳拉的鞋，劳拉大叫："哎哟！脚趾好疼啊！"

爸爸说："看来没错！你的脚比去年冬天大了很多，玛丽，你的鞋挤脚吗？"

玛丽点点头。

爸爸对玛丽说："玛丽，你把鞋脱下来。"然后又看向劳拉，说："劳拉，你穿上玛丽的鞋试试。"

劳拉觉得玛丽的鞋穿起来很舒服，这双鞋真好看，一个破掉的地方也没有。

爸爸说："给鞋打上油，又会像新的一样了。我们必须给玛丽买一双新鞋，劳拉可以穿玛丽的鞋，等凯莉长大了就可以穿劳拉的鞋了，我想用不了多久的。卡罗莱，家里还缺少什么？我这就去套车，你想想还需要什么，咱们去镇上买回来。"

30. 去镇上

爸爸的话刚说完，大家立即行动起来。她们穿上冬天最好看、最温暖的大衣，围好披肩跳上了马车。明媚的阳光照在雪地上，反射出耀眼的亮光，但是气温依旧很低，他们呼出的气体马上在鼻尖凝成了白雾。

爸爸妈妈带着凯莉坐在前面，劳拉和玛丽坐在一张厚厚的毯子上，裹紧披肩依偎在车厢里。杰克蹲在台阶上，目送他们远去，但是它知道他们很快就会回来的。

山姆和大卫似乎也知道，爸爸回来后一切都会变好的，它们一路上迈着欢快的步伐，很快就到了费奇先生的商店门前。爸爸喊了一声"吁——"，马车便停下了，他跳下车，把山姆和大卫拴在商店门前的马桩上。

爸爸先把盖房子时欠下的木板钱还清，又付了面粉和白糖的钱，那是爸爸离家时，妈妈让尼尔森先生帮忙带的。然后，他数数剩下的钱，给玛丽买了一双新鞋。

玛丽的新鞋漂亮极了，劳拉看了羡慕不已。玛丽是最大的孩子，她穿过的鞋都会留给劳拉，这样劳拉就没有机会穿新鞋了。这时，她听到妈妈说："我们给劳拉买一件新衣服吧。"

劳拉听了妈妈的话，连忙拉着她来到柜台前，费奇先生拿出几匹漂亮的毛料，让她们挑选。

去年冬天，妈妈已经把劳拉的冬衣改长了，可是到了今年冬天，劳拉的衣服实在太小了，胳膊肘的布料都撑破了。幸好妈妈有一双巧手，把破掉的地方补得整整齐齐，丝毫看不出痕迹，只是劳拉穿在身上觉得紧紧巴巴的，很不舒服。即使这样，劳拉做梦也没想到，她能有一件新衣服。

妈妈问："劳拉，这件金褐色的法兰绒怎么样？"

还没等劳拉开口，费奇先生便说："一定很漂亮。"

妈妈把一条红穗子放在金褐色的毛料上比了比，说："在领口、袖口和腰带上加三道红穗子，你觉得好看吗？"

劳拉拍着手，高兴地回答："好看，太好看了！"她抬头看时，恰好看到爸爸那双明亮的蓝眼睛，里面也闪烁着喜悦的光芒。

爸爸说："卡罗莱，就买这个吧。"于是，费奇先生量好漂亮的金褐色法兰绒和红穗子的尺寸。

接下来还要给玛丽买一件新衣服，可是她挑来挑去也没有中意的布料，于是大家走过街道，来到奥尔森家的商店里挑选。在这里，他们挑了一块深蓝色的毛料和一条金色的穗子，玛丽看了非常喜欢。

奥尔森先生量尺寸的时候，玛丽和劳拉还在一旁赞美不已。这时，妮莉·奥尔森走了进来，她身上穿着一件毛皮披肩，说了一句"你们好啊"，然后瞥了一眼那块深蓝色的毛料，脸上露出轻蔑的表情，说："这块布料正好适合乡巴佬穿。"然后，她又转过身，把身上的毛皮披肩展示给大家看，说："你们瞧瞧，我穿的是什么？"

她们看着那件柔软的披肩，听到妮莉继续说："劳拉，你难道不想要一件毛皮披肩吗？可惜你爸爸买不起，他又不是什么老板。"

劳拉气得说不出话来，可是爸爸妈妈在这里，她又不敢动手，只好扭过头不看她，妮莉大声笑着走开了。

妈妈又挑了一块厚实的布料给凯莉做斗篷，爸爸买了海军豆、面粉、麦片、食盐还有白糖和茶。接下来，他又买了满满一罐煤油，最后全家一起去了邮局。到了下午，天气更冷了，爸爸便架起马车带着大家离开镇上，山姆和大卫拉着马车飞快地向家跑去。

吃完饭后，劳拉和玛丽照例收拾好餐具，然后妈妈把包裹打开，全家人围在一起欣赏这些好看的布料，心里别提有多高兴了。

妈妈说："孩子们，我会尽快给你们做好新衣服的，现在爸爸回来了，我们又可以去主日学校了。"

爸爸问："卡罗莱，你给自己选的灰色印花毛料哪去了？"他边说边看向妈妈，只见妈妈红着脸低下头，爸爸说："难道你根本没有买吗？"

妈妈看了一眼爸爸，反问道："查尔斯，你的新大衣又在哪里？"

爸爸有些尴尬地说："我明白你的意思，卡罗莱。可是你知道吗，等到蝗虫卵孵化出来，明年的庄稼又种不成了，而我要等到再丰收时才能找到工作，还有很长一段时间呢，我的旧大衣还能穿。"

妈妈对他笑了一下，说："我也是这么想的。"

吃过晚饭，天渐渐黑了，房间里亮起灯光，爸爸拿出心爱的小提琴，耐心地调着音准。

他说："我太想念它了。"爸爸的目光从每个人身上扫过，然后深情地演奏起来。他先演奏了一曲《当约翰尼迈步回家时》，接着边演奏边唱起了《肯塔基，我的故乡》和《斯旺尼河》，妈妈、玛丽和劳拉也跟着轻声唱起来。

虽然我们留恋欢乐与奢华，

可是无论家是多么简陋，哪里也比不上它。

31. 惊喜

这一年的冬天依然很温暖，只下了几场雪，和去年一样是"蝗虫天"。外面的天空总是灰蒙蒙的，刮着刺骨的寒风，女孩子们在这个时候最好待在温暖舒适的房子里。

爸爸每天都运回来很多木头，把它们劈成木柴堆起来，然后再沿着梅溪走很远的路，来到溪水上游，布下陷阱，抓一些水獭和水貂之类的小动物。

每天早上，劳拉和玛丽都要学习阅读和算术，到了下午再背给妈妈听。妈妈表扬她们都是好学生，等到开学时，她们一定不会落在其他同学后面。

每个星期日，她们都要去主日学校，劳拉看到妮莉·尼尔森总是在炫耀她的毛皮披肩，每当她想起妮莉说爸爸的那些话，心中就会燃起怒火。她知道这样做不对，她应该原谅妮莉的出言不逊，否则她就做不成天使了，她努力回想着《圣经》里那些美丽的天使，它们都穿着白色的长袍，而不是毛皮披肩。

一个星期日，奥尔登传教士从明尼苏达州东部来到这里布道，劳拉感到开心极了。奥尔登传教士讲了很长时间，劳拉望着他慈祥的蓝眼睛和上下摆动的胡须，心想："布道结束后，要是能和奥尔登传教士说一说话就好了。"她的心愿真的实现了。

奥尔登传教士还记得她们，微笑着和她们打招呼："玛丽和劳拉，我的乡下小姑娘。"

那天，劳拉穿了新衣服，衣服很合身，就是袖子太长了。相比之下，大衣的袖子显得短了很多，不过袖口露出的红穗子十分光鲜亮丽。

奥尔登传教士称赞地说："劳拉，你的新衣服真漂亮啊！"

在那天，劳拉几乎要原谅妮莉·奥尔森了，可是接下来的几个星期日，奥尔登传教士都没有出现。在主日学校上课时，妮莉·奥尔森对着劳拉翘起鼻子，不停地炫耀身上的毛皮披肩，这一下又点燃了劳拉心中的怒火。

一天下午，妈妈告诉她们下午的课取消了，因为她们晚上要到镇上去，下午就要做好准备，劳拉和玛丽听完都感到很惊讶。

玛丽说："可是，我们从来没有在晚上去过镇上啊！"

妈妈说："凡事总有第一次嘛。"

劳拉也跟着问："妈妈，我们为什么要晚上到镇上去？"

妈妈说："给你们一个惊喜，不要再问了，每个人都要洗澡，然后打扮得漂漂亮亮的。"

紧接着，妈妈便忙碌起来，她拿来洗澡盆，放好热水，依次给玛丽、劳拉和凯莉洗澡，她们从里到外都换上干净的衣服，鞋擦得光可鉴人，辫子编得整整齐齐，最后系上了发带。从头到尾，劳拉和玛丽都是一头雾水，小脑袋里装满了问号。

晚饭也提前了，吃完之后，爸爸回到卧室里洗澡，劳拉和玛丽换好了新衣服。她们知道最好不要问任何问题，可还是按捺不住心中的好奇，窃窃私语起来。

车厢里装满了干净的干草，爸爸将玛丽和劳拉抱上车，用毯子把她们盖得严严实实，然后坐到妈妈身边，驾起马车出发了。

黑暗的天空中，几颗小星星忽隐忽现地闪着亮光，四周静悄悄的，只听得见哒哒哒哒的马蹄声和车厢颠簸时发出的咔嗒咔嗒的声音。

爸爸忽然听到了什么声音，连忙拉起缰绳，喊了一声"吁——"，山姆和大卫马上停住了脚步。四周只有看不到边的黑暗，还有天上一闪一闪的星星，这时，在一片寂静中传来一阵优美的声音。

这两个音调变得越来越清楚，一下接一下有节奏地响起。

所有人都静静地倾听着，只有山姆和大卫一起晃着马嚼子，同时发出沉重的喘息声。两个音调继续传来，声音时而浑厚响亮，时而温柔低缓，听起来好像是星星在哼着歌曲。

大家听了一会儿，妈妈说："查尔斯，我们还是继续赶路吧。"车厢又发出咔嗒咔嗒的声音，伴随着远处传来的奇怪音调。

劳拉好奇地问："爸爸，那是什么声音？"爸爸回答："劳拉，那是教堂里的钟声。"

原来上次就是为了这口钟，爸爸才没买成新靴子啊。

城镇好像睡着了一样，悄无声息，商店里黑漆漆一片，爸爸驾着马车从门前经过。劳拉突然激动地大喊："哦，快看教堂，多么漂亮啊！"

教堂里面灯火通明，每扇窗户上都挂着彩灯，许多人都涌入教堂，每当大门打开时，灯光就照亮了门前的地面。劳拉开心得差点从毯子里跳出来，不过她还没忘记自己在马车上，爸爸说过在马车行进时绝对不可以站起来。

马车在门口停下来，爸爸先把妈妈扶下车，然后把劳拉和玛丽也抱下来，让她们先进去，但是她们一直站在寒风中等他。爸爸给山姆和大卫盖好毯子，然后又回到门口，和她们一起走进教堂。

劳拉惊讶得张大嘴巴，眼前的景象让她目瞪口呆，她和玛丽紧紧握着手，一同跟在爸爸妈妈身后。最后，他们走到长凳前坐下，劳拉终于可以尽情观赏周围的一切了。

劳拉的视线越过一排排板凳，看到最前方有一棵树，她非常肯定这是一棵树，她看到粗壮的树干上分散着细小的枝叶，可是这棵树实在太奇怪了。

树上装饰着绿色的薄纸片，一丛丛一簇簇，就像夏天里生长的绿叶；这些茂密的绿叶中间，挂着许多粉色的小纱袋，劳拉十分肯定那些小纱袋里装的是糖果；树枝上还放满了五颜六色的盒子，有红色的、粉色的，还有黄色的，所有的盒子上都系着漂亮的彩带；盒子旁边挂着丝巾和用细绳串起来的手套，如果把细绳挂在脖子上，就不会弄丢任何一只手套了；在丝巾和手套的旁边，有一双新靴子倒挂在树枝上，他们还把爆米花用绳子串起来，从上到下一圈圈缠绕在树上。

树下也摆放着各种各样的东西，有一块颜色鲜艳的洗衣板、一个木桶、一个搅拌器和一个用新木板做成的雪橇，还有一把铁铲和长柄草叉斜靠在树下。

劳拉激动得不知说什么好，她使劲握着玛丽的手，抬头看向妈妈，急切地想知道那棵树究竟是什么。妈妈微笑地看着她们，说："孩子们，那是一棵圣诞树，你们看它漂亮吗？"

眼前的那棵树太奇妙了，她们甚至想不出用什么语言来赞美它，只是盯着它点点头。由于今年冬天雪下得不多，她们差点就把圣诞节给忘了，不过当她们得知这是一棵圣诞树的时候，也没有表现得十分惊讶。就在这时，劳拉发现了一件无比美妙的礼物——在圣诞树上的一根很远的树枝上，挂着一件小巧的毛皮披肩和一个配套的暖手筒。

奥尔登传教士也来了，他正在为大家讲圣诞节的含义，不过劳拉完全没听到他讲了什么，此时此刻，她的眼里只有那棵圣诞树。大家站起来，开始唱歌，劳拉也跟着站起来，但是她的心思根本不在唱歌上。她的喉咙像被卡住了一样，一个音符也唱不出来，在这个世界上，没有一家商店像那棵圣诞树一样令人惊叹。

唱完歌之后，托尔先生和比德尔先生把圣诞树上的物品取下来，然后念出上面的名字。托尔太太和比德尔小姐负责把这些礼物拿到座位上发给大家。

原来圣诞树上的每件物品，都是送给大家的圣诞礼物！

当劳拉意识到这一点的时候，她觉得周围的一切仿佛都转起来，灯在旋转，人在旋转，连圣诞树也在旋转，它们越转越快，喧闹声越来越大，整个教堂都沸腾了。有人递给她一个粉色的纱袋，里面果然装着糖果，还有一个大大的爆米花球，玛丽手里也拿着一袋。接着，玛丽又得到一副蓝色的手套，而劳拉的那副手套是红色的。

妈妈打开一个大包裹，里面是一条棕色和红色相间的格子披巾，看起来十分温暖，爸爸则收到了一条羊毛围巾，凯莉手里抓着一个瓷娃娃，她高兴得尖叫起来。教堂里热闹极了，人们互相聊天，开心地大笑，拆礼物时包装纸沙沙作响，在这样喧闹的环境中，比德尔先生和托尔先生不停地高声喊出大家的名字。

那件小巧的毛皮披肩和暖手筒，依然纹丝不动地挂在树上，劳拉很想得到它们，她远远地望着，舍不得将目光移开半步。她很想知道到底谁会得到它们，一定不会送给妮莉·奥尔森，因为她已经有一件毛皮披肩了。

劳拉收到这些礼物，已经觉得很满足了。这时，她看到托尔太太递给玛丽一本漂亮的小册子，上面印有《圣经》里的图片。

托尔先生将那件小巧的毛皮披肩和暖手筒从圣诞树上拿下来，他念了一个名字，可是周围充满了人们的欢呼声，劳拉根本听不见那个名字。披肩和暖手筒就这样消失在人群中，再也找不到了。

这时，凯莉收到一只可爱的陶瓷狗，白色的毛皮上带有棕色的斑点，不过凯莉只顾着玩她手里的瓷娃娃，于是劳拉替她接过这只小狗，边笑边抚摸着它光滑的身躯。

比德尔小姐走过来说："劳拉，圣诞快乐！"然后，将一个精致的小盒子放在劳拉手里。劳拉打开盒盖，里面装着一个全身雪白、光滑明亮的小瓷盘，盘上放着一个极小的金色茶壶和一个金色茶托。

这个盒子正好放得下一枚胸针，如果有一天她能拥有一枚胸针的话。妈妈告诉她，这是一个首饰盒。

教堂里灯火辉煌，人声鼎沸，谈笑声不绝于耳，劳拉还是第一次经历如此精彩热闹的圣诞节。她收到了好多圣诞礼物，有手套、精致的首饰盒，还有糖果和爆米花球，她的心让这些礼物装得满满的，充满了幸福的感觉。突然，有人对她说："劳拉，这是你的礼物。"

托尔太太站在面前，微笑地看着她，手里捧着那件小巧的毛皮披肩和暖手筒。

劳拉简直不敢相信自己的耳朵，惊讶地问："给我的？真是给我的？"她双手接过披肩和暖手筒，轻轻地抱在怀里，抚摸着柔软的皮毛。此刻，她的世界里只剩下这件梦寐以求的圣诞礼物。

她甚至怀疑这是个幻觉，不禁把怀中的礼物抱得更紧了，只有这样她才能相信，那件如丝般柔软的棕色毛皮披肩和暖手筒的确属于她。

劳拉欣喜地观赏着这件披肩，上面的毛皮是那么柔顺光滑，她早已忘掉了周围的一切。人们陆续回家了，妈妈让凯莉站在板凳上，给她穿好大衣，戴好帽子，然后对奥尔登传教士表示感谢："非常感谢你，奥尔登牧师，这正是我需要的东西。"

爸爸也说："谢谢你送的羊毛围巾，我出门的时候戴上它就不怕冷了。"

奥尔登传教士坐在板凳上，亲切地问："玛丽的大衣还合适吗？"

劳拉这才发现玛丽身上的新大衣，这是一件深蓝色的长款大衣，袖子也很长，一直盖到玛丽的手腕，玛丽把扣子系好，看起来很合身。

奥尔登传教士又微笑着问："我的小姑娘，喜欢你的毛皮披肩吗？"他牵起劳拉的手，把她拉到面前，将毛皮披肩展开披在她的肩上，在脖子下面扣好，又将暖手筒的细绳挂在她脖子上，再把她的双手放进毛茸茸的手筒里。

奥尔登传教士说："好了！从今以后，我的乡下小姑娘来上主日学校时，就可以穿得暖烘烘的了。"

妈妈对劳拉问："劳拉，你该说什么？"可是奥尔登传教士却说："她不用说什么，只要看到她眼里闪着喜悦的光芒，我就已经很满足了。"

劳拉真的不知道说什么好，她的脖子埋在柔软的金褐色皮毛下面，柔软的披肩遮住了前面破旧的衣带，手腕藏在暖手筒里，所以短小的大衣袖也看不见了。

奥尔登传教士说："她多像一只长着红色羽毛的棕色小鸟呀。"

劳拉听他这么说，扑哧一下笑出声来，真是这样呢，她的头发、大衣、裙子和披肩都是棕色的，而帽子、手套和衣服上的穗子却是红色的。

奥尔登传教士说："我回到东部教堂以后，要把我们的棕色小鸟介绍给他们。我对他们讲起这里的教堂，他们表示一定要送份圣诞礼物给你们，每个人都把自己的东西奉献出来，你的披肩和玛丽的大衣，都是别的小姑娘送的，她们也需要一些大点的衣服。"

劳拉说："先生，谢谢您，请把我的感谢也转达给她们。"劳拉终于说出了心中的感激，像玛丽一样很有礼貌。

最后，他们祝奥尔登传教士圣诞快乐，并且互道晚安。玛丽穿着新大衣，看上去美丽大方，凯莉在爸爸怀里，像个可爱的小公主，爸爸妈妈露出灿烂的笑容，劳拉更是感到满心喜悦，在这个圣诞夜晚，全家人都沉浸在幸福欢乐之中。

奥尔森先生和奥尔森太太也正准备回家，奥尔森先生抱着一大堆礼物，妮莉和威利也是。此刻，劳拉已经不生气了，反而感到一丝得意。

劳拉对妮莉说："妮莉，圣诞快乐！"妮莉难以置信地睁大眼睛，看着劳拉把双手放在柔软的暖手筒里，优雅地从她身边走过去。她的披肩比妮莉的更漂亮，而且妮莉还少了一个暖手筒呢。

32. 蝗虫飞走了

圣诞节过后，又下了几场雪，爸爸用柳木做了一个大雪橇，全家人穿得暖烘烘的，坐着雪橇去主日学校。

一天早上，爸爸说这里刮起了切努克风，这是一股来自西北方的暖风，它融化了积雪，梅溪再次恢复了生机。接下来便是昼夜不停的滂沱大雨，梅溪的水位骤然高涨，一路咆哮着奔腾而下，卷起漩涡，淹没了下游的河岸。

又过了几天，风变得柔和了，小溪也恢复了平静，不知从什么时候起，梅树和柳树都抽出了新芽，大草原又重新披上了绿装。玛丽、劳拉和凯莉光着脚丫，在新鲜柔软的草地上快乐地奔跑。

天气渐渐暖和起来，夏天又来到了，劳拉和玛丽本应该回到学校去，可是那一年她们没有去上学，因为爸爸又要出门了，妈妈希望她们和自己一起留在家里。这一年的夏天酷热难当，一场雨也没有下，连空气里也带着热气。

爸爸回来吃饭时说："阳光这么充足，蝗虫很快就会破卵而出了。"

劳拉跑了出去，看到小山上的草地里，到处是绿色的小东西在跳来跳去。劳拉捉住一只，拿在手上仔细观察，它浑身上下都是绿色的，小小的翅膀，细长的腿，甚至连眼睛也是绿的。劳拉看着手上这个精致的小东西，很难相信它会长成一只棕色的、又大又丑的蝗虫。

爸爸说："它们很快就会长大，然后吃掉一切新长出来的东西。"

一天又一天过去了，越来越多大大小小的蝗虫从卵壳里跳出来，分散到每个角落，疯狂地啃食着所有绿色的植物。它们的嘴巴一张一合，锋利的牙齿不停地啃咬、咀嚼着食物，微弱的风声掩盖不住它们嘈杂的啃食声。

无论是菜园里，还是柳林中，抑或是梅树丛里，到处都有它们的身影。大草原又变得一片枯黄，而这些蝗虫一天比一天茁壮，

它们的身体逐渐长大，慢慢变成了棕色的，同时也变得更丑了，它们的眼睛向外凸起，还有一对强壮的后腿，能够跳到任何地方。因此，劳拉和玛丽只好留在家里。

天气一天比一天炎热，却一直没有下雨，四面八方传来蝗虫的啃食声，让人难以忍受。

一天早上，妈妈说："哦，查尔斯，我实在无法忍受下去了。"

妈妈病了，她的脸色苍白，面容消瘦，无力地坐在凳子上。

爸爸什么也没说，接下来的几天里，他每天都会出门，回来时脸色依然很沉重。他不再唱歌，也不再吹口哨，当他连妈妈都不理的时候，就说明事情已经糟糕到了极点。他走到门口，望着外面的景象。

凯莉也变得很安静，他们从早到晚忍受着酷热和蝗虫的啃食声，直到有一天，他们听到蝗虫发出的声音与平时不太一样，劳拉马上跑出去察看，爸爸看了也兴奋起来。

他大声喊："卡罗莱，快来看啊！这太奇怪了。"

在房前的空地上，蝗虫密密麻麻地站成排，它们肩并着肩，头尾相接往前爬去，由于数量太过密集，看起来就像是大地在移动似的。它们的行动非常一致，没有一个掉队的，快速地向西行进。

妈妈站在爸爸身边，看着眼前这一幕奇怪的景象。玛丽问："爸爸，这是怎么回事？"爸爸回答："我也不知道。"

他用手遮住阳光，向远处眺望，说："无论东边还是西边都一样，在我

的视野范围内，所有的蝗虫都在往西边前进。"

妈妈喃喃自语地说："哦，真希望它们全部离开这里！"

他们都站在原地，观看这奇怪的一幕，只有凯莉爬上她的高椅子，拿起饭勺敲打着桌面。

妈妈说："凯莉，等一会儿。"她继续看着这支移动的"大军"，它们从四面八方汇成一片，密集得没有一丝缝隙，也看不到尽头。

凯莉发出了抗议，大喊："我要吃早饭！"可是，大家仍然一动不动，凯莉喊了好一会儿，最后差点哭起来。

妈妈说："好了，马上就吃饭了。"她刚转过身便大喊一声："我的天哪！"

一群蝗虫正往凯莉身上爬。它们从东边的窗户蜂拥而入，一个接一个爬过窗台，又顺着墙壁爬到地板上。它们有的爬到桌子上，有的爬到凳子腿上，有的甚至爬到凯莉的身上，继续向西前进。

妈妈说："快关上窗户！"

劳拉踩着满地的蝗虫，跑进屋里关窗户，爸爸走到门外，绕着房子转了一圈，又走进来说："最好把楼上的窗户关好，从房子东边爬上来的蝗虫和地上的一样密集，它们不会绕过阁楼的窗户，而是直接爬进屋子里。"

墙壁上和屋顶上都传来蝗虫爬行的声音，这种声音刺耳难听，房子里好像已经成了蝗虫的领地。妈妈和劳拉把它们扫到一起，然后从西边的窗户扔出去，西边的房子上也爬满了蝗虫，它们从屋顶爬下来，一直爬到地上，然后跟着大部队继续向西爬去。

两天、三天，这些蝗虫一刻不停地向西前进。

它们的方向非常一致，一个掉队的也没有。

它们步伐稳健地爬过房子，爬过牛棚，还爬到了斑点的身上，最后爸爸只好把它关在牛棚里。它们即使爬到梅溪边也没有停下来，前仆后继地爬进梅溪里，前面的淹死了，后面的又爬上来，直到它们的尸体堵住了溪水，后面的蝗虫才从它们的尸体上爬到对岸。

烈日炎炎，烤得屋顶滚烫滚烫的，墙壁上和屋顶上都爬满了蝗虫。由于窗户都关得死死的，它们只好顺着窗檐爬到玻璃上，可是玻璃太滑了，没爬几步便掉了下去，它们一次又一次掉下去，却仍然没有放弃，继续奋力爬到玻璃上去。

妈妈的脸色苍白，神情紧张，爸爸也沉默不语，他的眼睛变得黯淡无光，这让人心烦的声音在劳拉耳边挥之不去。

已经整整四天了，依然没有任何改变，这天的阳光格外强烈，金光似火，射向大地。

爸爸从牛棚回来时，已经快到中午了，他跑进来大喊："卡罗莱！卡罗莱！快看外面，蝗虫都飞起来了！"

劳拉和妈妈冲到门口，她们看到一只只蝗虫展开翅膀，从四面八方飞向空中。越来越多的蝗虫聚集到天上，它们越飞越高，遮住了阳光，四周渐渐暗下来，这种景象与它们出现时如出一辙。

劳拉跑到门外，看到一朵云彩挡住了太阳，云彩中间是一层黑色，四周微微闪着亮光，一个个小白点儿越飞越高，渐渐融入那片云彩之中。

这片云彩掠过太阳，向西边飘去，最后消失不见了。

蝗虫几乎全部飞走了，无论是天空中，还是大地上，哪里也看不到它们的影子，只留下一些飞不起来的继续朝西爬行。

大草原顿时安静下来，如同暴风雨过后的那种宁静。

妈妈回到屋子里，如释重负地坐进摇椅里，连声说道："谢天谢地！谢天谢地！"

劳拉和玛丽坐在门前的台阶上，她们终于又可以坐在这里了，因为蝗虫都飞走了。

玛丽感叹地说："真安静啊！"

梅溪岸边

爸爸斜身靠在门口，认真地说："真希望有人能告诉我，它们如何知道什么时候该离开，又如何知道该往哪里去，知道哪里是它们的老家呢？"

当然，没有人能回答爸爸的问题。

165

33. 火轮

自从七月里蝗虫全部飞走以后，日子变得安静而祥和。经过雨水的浇灌，原本荒芜丑陋的大草原又变得绿草如茵。长得最快的要数豚草和风滚草了，尤其是遍地生长的风滚草，像灌木丛一样茂盛。

柳树、白杨树和梅树丛长出了新叶，可惜今年已经错过了花期，所以不会结出果实了，同样也不会收获小麦了。不过，小溪附近的洼地里长出了牧草，菜园里的土豆还活着，而且他们还可以捕鱼吃。

爸爸从尼尔森先生那里借来耕犁，把杂草丛生的麦田耕出一块土地，然后播下萝卜种子。接着，他又在房子和梅溪之间耕出一片宽广的防火带。

爸爸说："现在播种已经晚了，老人常说，无论湿季或旱季，都要在七月二十五日种下萝卜。不过，我猜他们一定没有想到会有蝗灾。卡罗莱，这片地里的萝卜就靠你和孩子们来照顾了，到时候我就不在家了。"

东部又到了丰收的季节，他必须再到那里找一份工作，因为盖房子欠下的债还没还完，另外家里的食盐、燕麦和白糖也没有了。他也来不及给山姆、大卫和斑点割一些冬天吃的干草，但是尼尔森先生答应会来帮忙，因为爸爸答应会分给他一份。

几天后，爸爸一大早便动身了，他吹着口哨，肩上背着行李，慢慢消失在大家的视线里。这一次，他的靴子一个破洞也没有，哪怕走再远的路他也不用担心了，几个月后的某一天，他还会再回来的。

早上，劳拉和玛丽做完家务后开始学习，到了下午再背书给妈妈听。然后，她们可以玩一会儿，或者做针线活儿，在太阳落山之前，她们再把斑点和小牛接回家。晚上，她们又做了些家务便到了吃饭的时间，吃完饭收好盘子，就该去睡觉了。

尼尔森先生把割好的干草放在牛棚旁边，干草向阳的一面暖暖地晒着阳光，而背阴的一面就十分冰冷，寒风呼呼地吹着，每天早上上面都结了一层霜。

一天早上，劳拉赶着斑点和小牛去吃草，看到约翰尼遇到了点麻烦，他想把牛群赶到大草原的西边去，那里长着一片高大的枯草丛。可是牛群并不想过去，它们原地转着圈，来回躲闪。

劳拉和杰克帮他把牛群赶走，太阳正慢慢升起，天空一片洁净蔚蓝。劳拉走到家门口时，看到西边出现一团低矮的云朵，她翘起鼻子，深吸了一口气，忽然想起了在印第安准州时发生的事。

她连忙大喊："妈妈！"妈妈从门里走出来，看向那片云朵。

妈妈说："劳拉，它离我们很远，应该过不来。"

整个上午，强劲的西风一直刮个不停，到了中午变得愈加猛烈，妈妈、玛丽和劳拉站在院子里，看那片乌云慢慢靠近。

妈妈担心地说："不知道牛群在哪里吃草。"

后来，她们看到乌云下出现一闪一闪的亮光。

妈妈说："牛群要是过了梅溪的话，就不用担心了，那里有防火带，大火过不来的。孩子们，你们最好进屋去，该吃午饭了。"

她带着凯莉回去了，劳拉和玛丽还在外面张望，只见滚滚浓烟向她们这边靠过来。玛丽突然张大嘴巴，指着远处大叫："妈妈！妈妈！有个火轮滚过来了！"

一个火轮迅速冲过来，后面冒着火红的浓烟，它滚过草地，所到之处立即燃起一片火海。一个、两个、三个，火轮一个接一个滚过来，借着风力向她们迅速袭来，第一个火轮已经穿过了防火带。

妈妈马上提着水桶和拖把跑过去，她把拖把浸湿，朝着火轮猛打几下，火轮熄灭了倒在地上，她接着去扑下一个，可是火轮的数量越来越多。

她大喊："劳拉，别过来！"

劳拉乖乖地留在原地，紧紧握着玛丽的手，她们看着眼前发生的一切，都惊呆了。凯莉在屋里放声大哭，因为妈妈把她一个人关在了家里。

火轮一个跟着一个滚过来，速度越来越快。这些火轮是风滚草，这种草长成后变得很干枯，而且是圆滚滚的，每当刮风的时候，它们细小的根茎就会连根拔起，随着风向滚动，把种子散播到各个地方。现在，干枯的风滚草燃烧起来，随着狂风向前翻滚，身后仿佛跟着一条凶猛的火蛇。

妈妈的身影在浓烟中忽隐忽现，她用拖把拍打着火轮，炽热的火轮快速向前滚动。浓烟刺痛劳拉的眼睛，泪水不停地流下来，杰克靠在她身旁，吓得双腿发抖。

尼尔森先生骑着一匹灰色的小马飞驰而来，他停在牛棚前跳下马背，抓起干草叉，对她们大喊："快去拿湿抹布来！"说完，他就跑过去帮妈妈灭火。

劳拉和玛丽拿着麻布袋飞奔到梅溪边，把麻布袋浸湿，再跑回去递给尼尔森先生。尼尔森先生将其中一个套在干草叉上，她们看到桶里的水空了，又急忙跑去打水。

火轮滚上了小山，山上的干草瞬间着了起来，妈妈和尼尔森先生用拖把和湿麻袋奋力扑火。

劳拉大喊："干草堆！干草堆！"只见一个火轮向干草堆滚过去，尼尔森先生和妈妈立即穿过浓烟，把火轮扑灭。这时，另一个火轮滚过烧焦的土地，向她们的房子滚去，劳拉吓坏了，一时间手足无措，因为凯莉还在房子里。她急忙拿起湿麻袋，扑灭了那个燃烧的火轮。

　　所有的火轮都被扑灭了，房子和干草堆终于安全了，几根烧黑的干草被风吹起来，在空中旋转，远处的火势依然迅猛，很快就蔓延到了防火带。

　　大火没有越过防火带，它向小溪的南边快速蔓延，然后又烧到小溪的北边，最后慢慢变小，熄灭了。

　　烟云逐渐消散，这场草原大火终于结束了，尼尔森先生告诉妈妈，他刚才骑马把牛群赶到小溪对岸，它们现在都平安无事。

　　妈妈感激地说："尼尔森先生，实在太谢谢你了，要是没有你，我和孩子们不可能扑灭这场大火。"

　　尼尔森先生走了之后，妈妈感叹地说："有这么一个好邻居，真是幸运啊！好了，孩子们，去洗洗脸，准备吃午饭了。"

34. 石板上的记号

　　草原大火之后，天气变冷了很多，妈妈说她们必须收获土豆和萝卜了，要不然它们该被冻坏了。

　　她把土豆挖出来，让劳拉和玛丽把它们装进桶里，抬到地窖里去。寒风吹在脸上，像刀割一样，她们围着头巾，却不舍得戴着手套干活。寒风吹红了她们的鼻子，手和腿也冻得僵硬麻木。不过，她们收获了很多土豆，大家心里都美滋滋的。

　　她们干完杂活之后，就坐在火炉旁驱走寒气，闻着香喷喷的煮土豆和炸鱼，再饱饱地吃上一顿，然后睡个好觉，这是多么惬意的事情啊。

　　这一天，天气阴沉昏暗，她们来到菜园里收获萝卜，拔萝卜比拾土豆可要难得多，一个个大萝卜长得十分结实。有好几次，劳拉在拔出萝卜的同时都重重地坐在地上。

　　她们必须用菜刀把萝卜顶部绿色的叶子切掉，丰富的汁水流出来，浸湿了她们的双手，寒风一吹，裂开一道道血口子。晚上，妈妈用猪油和蜂蜡做成药膏，给她们涂抹在手上。

　　斑点和小牛很喜欢吃这些绿叶，地窖里储藏了好多萝卜，足够它们吃上一个冬天了。妈妈总是给她们变着花样做萝卜，有时煮着吃，有时拌着吃，有时还做成萝卜羹。晚饭的时候，她们剥掉厚厚的萝卜皮，切一小盘生萝卜片放在桌上，萝卜片香脆多汁，好吃极了。

终于有一天，她们把最后一个萝卜放进地窖里，妈妈松了一口气，说："好了，这回不用担心萝卜被冻坏了。"

妈妈说得果然没错，这天晚上，大地结了冰，她们早上醒来时，看到窗外下起了纷纷扬扬的大雪。

现在，劳拉终于可以开始计算爸爸回家的日子了，他在最后一封信里说，打谷的工作还有两个星期就结束了。玛丽拿出石板，在上面画出七个记号，代表一个星期里的七天。然后，在这七个记号下面，又画出另外七个记号，代表下一个星期的七天。

最后一个记号就是爸爸回来的日子，她们把石板拿给妈妈看，妈妈说："你们最好再画出一个星期的记号，因为爸爸回来的路上也需要时间。"

于是，玛丽又画了七个记号，劳拉不喜欢看到石板上还有那么多记号，因为那代表着距离爸爸回来的日子还很漫长。每天晚上睡觉前，玛丽都会擦掉一个记号，代表那一天已经过去了。

每天早上，劳拉都会想："必须过完这一整天，玛丽才能再擦掉一个记号。"

早上虽然寒冷，但是空气格外清新，在阳光的照耀下，积雪渐渐融化，可是大地依然结着厚厚的冰，白茫茫一片。蓝色的天空下，梅溪还在潺潺地流淌，枯叶漂在水面上，随着溪水奔向远方。

夜晚降临，屋子里亮起灯光，火炉烤得屋子里暖洋洋的，一片舒适温馨的景象。劳拉带着凯莉做游戏，杰克趴在光滑洁净的地板上休息，妈妈靠在摇椅里缝补衣裳，玛丽翻开书在灯下认真地阅读。

妈妈取下手指上的顶针，说："孩子们，该睡觉了。"玛丽拿出石板，擦掉一个记号，然后又收了起来。

一天晚上，大家看着玛丽又擦掉一个记号，还剩不到一个星期了，她一边收起石板，一边说："爸爸正在回家的路上！剩下这些记号代表他在路上的时间。"

杰克趴在角落里，它好像听懂了玛丽说的话，突然欢快地叫起来，跑到门口，把前爪扒在门上，又抓又叫，还一个劲儿地摇着尾巴。这时，劳拉听到隐隐约约传来一阵口哨声，哼的正是《当约翰尼迈步回家时》这首歌。

劳拉激动地叫起来："是爸爸，是爸爸！"她一把推开门跑出去，杰克兴奋地冲到她前面。

爸爸在黑暗中抱住劳拉，说："嘿，我的小不点！还有我的好杰克！"门开了，玛丽提着灯走出来，妈妈抱着凯莉跟在后面，爸爸把凯莉抱起来，向上抛起来又接住，问道："我的小宝贝长高了没有？"他摸着玛丽的辫子，说："还有我最乖巧的大女儿。"然后，他又抬头看向妈妈，说："卡罗莱，如果你能从这些小鬼头中间过来的话，就给我一个吻吧。"

大家都回到屋里后，妈妈给爸爸做了晚饭，劳拉和玛丽已经全无睡意，她们有好多事要讲给爸爸听：火轮引发的草原大火，她们收获好多土豆和萝卜，斑点的小牛长大了，还有她们又学了很多新知识，全部一一道来。最后，玛丽奇怪地问："爸爸，石板上的记号还没擦完，你怎么就到家了？"

她把石板拿给爸爸看，让他看那些剩下的代表他赶路日子的记号。

爸爸说："我明白了！这封信从那么远的地方寄过来，也需要一段时间呀，那时候我已经启程了。而且，我听别人说北方的冬天已经很冷了，所以在回来的路上走得很快。卡罗莱，我们需要到镇上买些什么？"

妈妈说没有什么要买的，这段时间她们一直吃鱼和土豆，所以面粉、白糖和茶都剩下很多，只有食盐快用完了，大概还能维持几天。

爸爸说："我还是先把木柴劈好，然后咱们再去镇上吧。外面的风声听起来让人很不安心啊，我听说明尼苏达州的暴风雪不仅来得突然，而且势头凶猛，有人到镇上去的时候，突然遇到暴风雪而无法回家，家里的孩子只好烧掉所有的家具取暖，可是等他回家时，看到孩子还是冻死了。"

35. 看家

第二天白天，爸爸从梅溪下游带回一车又一车原木，堆在门口。他没有砍小树，而是砍了几棵很老的梅树、柳树和白杨树，把这些原木拉回院子里堆起来，再劈成烧火用的木柴，高高堆起的木柴就像一座小山。

他把短柄斧别在腰带上，挎上捕猎陷阱，扛起猎枪，在梅溪上游很远的地方布置好陷阱，捕捉麝鼠、水貂、水獭和狐狸。

一天傍晚，吃晚饭的时候，爸爸说他发现了一片草地上有海狸出没，可是因为海狸已经所剩不多，所以他并没有布置陷阱。后来，他又发现一只狐狸，可惜没有打中它。

爸爸说："我打猎的手法生疏了，这里虽然是个好地方，可惜没有什么猎物可打，让我有些怀念起西部那些地方……"

妈妈接着爸爸的话说："查尔斯，那些地方没有学校。"

爸爸说："卡罗莱，你说得对，你一直都是正确的。你听听外面的风，刮得多厉害，明天一定会下暴风雪的。"

没想到第二天十分温暖，微风和畅，阳光明媚，不到中午的时候，爸爸回来了。

他对妈妈说："我们早点吃午饭，下午到镇上去走走。这么好的天，待在家里可惜了。等冬天来了，就真的出不去了。"

妈妈说："可是孩子们怎么办？我们不能带凯莉去，路程太远了。"

爸爸笑着说："玛丽和劳拉长大了，她们可以照看凯莉一个下午的。"

玛丽说："妈妈，我们能做到。"劳拉更是拍拍胸脯，说："绝对没问题！"

爸爸妈妈开心地出发了，妈妈打扮得漂亮极了，她身上围着棕色和红色相间的披巾，头上戴了一顶针织帽，脖子上系着棕色的帽带。她步伐轻盈，满眼笑意地看着爸爸，在劳拉眼里，妈妈就像一只欢快的小鸟。

她们送走了爸爸妈妈，便做起家务来。玛丽擦桌子，劳拉就扫地；玛丽洗餐盘，劳拉就把它们擦干净，放进橱柜里；最后，她们一起把红格子桌布铺好。现在，她们有一下午的时间，可以做自己喜欢的事。

一开始，她们决定玩上学的游戏，玛丽想要当老师，因为她最大，而且比劳拉懂得多，劳拉只好同意。于是，玛丽当起了老师，玩得兴致勃勃，可是劳拉很快就厌倦了这个游戏。

她说："有了，我们一起教凯莉认字吧。"

她们让凯莉坐在板凳上，把书举到她面前，认真地教她认字。可是凯莉对书完全不感兴趣，也不想认字，所以她们只好停下来。

劳拉说："我们玩看家的游戏吧。"

玛丽不同意，说："我本来就在看家啊，有什么好玩的？"

妈妈不在家，屋子里显得空空荡荡，一点也不热闹。妈妈平时非常温柔，从来不会吵吵喊喊，可是此刻，她们多希望听见妈妈在这里跟她们说话啊。

劳拉出去独自玩了一会儿，又回来了，这个下午似乎变得越来越漫长，大家都觉得无聊透了。杰克好像也察觉到了一些微妙的变化，不安地走来走去。

它想出去走走，可是劳拉开门时，它又转身回去；它时而趴下，时而站起来，在屋里走了一圈又一圈；它走到劳拉跟前，表情十分认真地看着她。

劳拉奇怪地问："杰克，怎么了？"杰克死死地盯着她，可是劳拉完全摸不着头脑，杰克急得快要咆哮起来。

劳拉马上命令它说:"杰克,别这样!你吓到我了。"

玛丽疑惑地问:"门外有什么东西吗?"劳拉跑出去,可是刚到台阶上就被杰克拽了回去,外面特别冷,劳拉赶紧关上门。

她看着天空说:"看呀,阳光变暗了,是蝗虫又回来了吗?"

玛丽说:"傻瓜,现在可是冬天,蝗虫怎么会来呢,可能要下雨了。"

劳拉不服气地反驳:"你才是傻瓜,冬天不可能下雨。"

玛丽生气了,说:"好吧,是下雪,这回行了吧!有什么区别?"劳拉听了也很生气,她们刚要继续争吵,就在这时,阳光突然消失了,她们跑到卧室里,从窗户往外看。

一团乌云从西北边快速翻滚而来,从下面望去,好似一团白花花的羊毛。

玛丽和劳拉又跑到前厅的窗户上看,毫无疑问,爸爸妈妈在这个时候应该回来了,可是还没有看到他们的身影。

玛丽说:"可能是暴风雪来了。"

劳拉说:"就像爸爸讲的那样。"

屋子里一片昏暗,她们互相看着彼此,脑海里浮现出小孩子冻僵的画面。

劳拉说:"屋子里的木柴用完了。"

玛丽一把拽住她,说:"你不能出去,妈妈说过,要是暴风雪来了,我们必须待在屋子里。"劳拉挣脱开玛丽的手,玛丽又说:"况且,杰克也不会让你出去的。"

劳拉告诉她:"我们必须在暴风雪到来之前把木柴搬进来,快呀!"

她们听到风中传来一阵奇怪的声音,好像远处有人在尖叫,她们戴上头巾,用大别针把头巾在下巴底下固定好,然后戴上手套。

劳拉先穿戴好,对杰克说:"杰克,我们去搬木柴。"杰克好像听懂了,紧跟在她身后走出去。屋外寒风刺骨,劳拉跑到木柴堆前,抱起满满一捧木柴,又转身跑回去,杰克跟在她后面。玛丽看到劳拉跑回来,连忙帮她打开门，因为劳拉双手都抱着木柴，没有办法开门。

她们不知道接下来该怎么办，乌云前进的速度很快，在暴风雪到来前，她们必须合力把木柴搬进来。可是，由谁来开门呢，如果一直开着门，寒风就会吹进屋里了。

凯莉说："我开门。"

玛丽说："不行。"

凯莉坚持说："我开，我开！"她举起双手转动门把手，真的把门打开了，凯莉会开门了，她真的长大了。

劳拉和玛丽赶快去搬木柴，凯莉看到她们回来就把门打开，等她们出去后再关上，玛丽一次抱起的木柴比劳拉多，不过劳拉的速度比她快。

她们终于在下雪之前装满了木柴箱。突然间，雪花纷飞，小小的、硬硬的，像沙子一样，劳拉觉得脸上一阵阵刺痛。凯莉开门时，一阵旋风卷起雪

花吹进了屋里。

妈妈嘱咐过她们，当暴风雪来临的时候，一定要留在家里，可是此刻，她们只记得搬木柴，其他的全部忘得一干二净。她们拼命地跑来跑去，每次都抱起满满一捧木柴，再蹒跚地走回来，把它们堆在木柴箱和火炉周围，木柴靠着墙边越堆越高。

"砰！"的一声，门关上了，她们跑到木柴堆前，捧起木柴，然后气喘吁吁地走回去。又是"砰！"的一声，门开了，她们走进去把木柴放下，然后转身又出去了。就这样，门开了又关，关了又开，她们进进出出，忙得不亦乐乎。

雪花慢慢变大、变厚，变得密密麻麻，木柴堆上落了厚厚一层雪。大雪遮挡了她们的视线，看不清木柴堆，也看不清房子，杰克变成了一个小黑点，跟着她们跑来跑去。暴风雪猛烈地吹打着她们的脸颊，劳拉感到双臂疼痛，胸口剧烈地起伏，她不停地想："爸爸在哪儿？妈妈在哪儿？"狂风在耳边呼啸，好像在催促她说："快呀！快呀！"

一大堆木柴都被搬空了，玛丽和劳拉捡起最后几根树枝，一起跑回门前，劳拉刚打开门，杰克便冲了进去。凯莉站在窗边，拍手欢呼，劳拉扔下手里的树枝，刚转过身，正好看到爸爸妈妈出现在漫天飞扬的大雪中。

他们手拉手在雪中奔跑，转眼间就跑了进来，他们关好大门，站在门口上气不接下气，身上落满了雪花。他们看到劳拉和玛丽也戴着头巾和手套，身上落满了雪花，一下子愣住了。

最后，玛丽打破了沉默，小声说："妈妈，我们没有听你的话，在下暴风雪的时候出去了。"

劳拉低着头说："爸爸，我们不想烧掉家具，也不想被冻死。"

爸爸说："天哪，我真不该对你们说那些话，她们把所有木柴都搬进来了，够我们用上两个星期了。"

现在，所有木柴都堆到屋子里了，上面的积雪渐渐融化，流到地板上形成一摊积水。从这里一直到门口，地上都是湿漉漉的，门口的雪还没有融化。

爸爸爽朗地笑起来，妈妈露出笑容，温柔地看着玛丽和劳拉，她们知道爸妈已经不生气了，因为她们很聪明，想到把木柴搬进来，只是搬得太多了。

她们帮妈妈摘下披巾和帽子，抖落上面的雪花，然后挂起来晾干。趁着暴风雪还没有变得更猛烈，爸爸赶紧到牛棚里把杂活做完，妈妈一边休息，一边指挥劳拉和玛丽把木柴摆放整齐，并且把地板收拾干净。

房子里又恢复了舒适整洁的样子，炉灶上的火苗正烧得旺盛，茶壶很快就烧开了，雪花敲打在窗户上，嗖嗖直响。

爸爸走进来，说："我只带回来这么点牛奶，几乎都被大风吹走了。卡罗莱，雪下得太大了，我根本看不到眼前的路，大风从四面八方吹过来，我以为自己在小路上，但是又看不到房子，我差点撞到屋角，再往左走一步，我就错过房子走过去了，再也回不来了。"

妈妈惊呼："查尔斯，太危险了！"

爸爸说："现在没事了，一切都过去了。不过，我们若是没有冒着风雪从镇上一路赶回来……"他眨了一下眼睛，摸摸玛丽的头发，又扯扯劳拉的耳朵，说："还有，我真高兴你们把所有木柴都搬了进来。"

36. 大草原上的严冬

第二天，暴风雪越下越猛，外面是一片白茫茫的世界，玻璃窗上盖满厚厚的积雪，什么也看不见，四周传来风的怒吼声。

爸爸准备到牛棚去，刚打开披屋的门，大量积雪就从门外砸进来，原来是门口筑起了一座白色的雪墙。他关上门，从披屋的墙上取下绳子，说："如果没有东西指引，恐怕会很危险。我把这根绳子系到晾衣竿上，应该能走到牛棚了。"

她们心里惴惴不安，焦急地等待爸爸回来。当爸爸进屋时，桶里几乎没剩下多少牛奶，他站到火炉旁烤了一会儿火才能开口说话。爸爸扶着晾衣绳往前走，一直走到拴晾衣绳的竿子那里，然后把手里的绳子绑上去，再继续往牛棚走，一边走一边松开绳子。

除了在空中打转的雪花，他什么也看不见。突然，他撞到了什么东西，原来是牛棚的墙壁，于是他贴着墙壁一点一点走到门口，再把绳子的另一端绑在门上。

就这样，他干完杂活儿，又抓着绳子走回来。

暴风雪下了整整一天，窗户上堆满了洁白的雪花，大风呜呜地吹着，一刻也不曾停歇。虽然外面的天气恶劣，但是屋子里十分温暖，让人感到舒适惬意。劳拉和玛丽认真地做功课，妈妈坐在摇椅上织毛衣，爸爸为大家演奏悠扬的乐曲。炉灶上的火苗燃得正旺，上面炖着一锅美味的豆子汤。

暴风雪没日没夜地下着，爸爸一会儿讲故事，一会儿拉小提琴，熊熊燃烧的炉火仿佛也随着音乐舞动起来。

又过了一天，风变小了，太阳终于露出笑脸。劳拉从窗户望出去，看到大地铺上了一层白毯，寒风吹来，卷起一阵白色的漩涡，好似梅溪在发洪水时泛起的泡沫一般，只是洪水变成了白雪。天气真冷啊，丝毫感受不到阳光的温暖。

爸爸说："这场暴风雪就要过去了，我明天要是能到镇上去，就买些吃的东西回来。"

第二天，雪真的停了，大地上盖了厚厚一层积雪，爸爸从镇上买回来几袋食物，有燕麦、面粉、白糖和豆子，足够全家人吃上好长时间了。

爸爸说："在威斯康星州时，有很多熊肉和鹿肉可以吃；在印第安准州时，有鹿肉、羚羊肉、野兔肉还有火鸡和大雁，各种野味应有尽有。可奇怪的是，这里只能看到一些小棉尾兔出现。

妈妈说："我们干脆自己养一些家畜吧，养家畜其实很简单，我们可以种些谷物喂它们。"

爸爸说："没错，明年我们就能种小麦了。"

第三天，又一场暴风雪来临，还是滚滚乌云先从西北边飘过来，然后遮住太阳，覆盖了整个天空，紧接着狂风四起，呼啸着，怒吼着，雪花漫天卷地地落下来，只剩下白茫茫一片。

爸爸每天都沿着绳子的指引，走到牛棚干杂活，然后再走回来；妈妈忙着做饭、清洗、缝补，还要辅导玛丽和劳拉做功课；玛丽和劳拉帮忙做力所能及的事，做完功课后就带着凯莉和杰克做游戏，她们有时跟妈妈学针线活，有时在石板上画画，教凯莉念字母。

大家每天都忙忙碌碌的，日子就这样一天天飞逝，度过了一场又一场暴风雪。暴风雪一旦停下来，阳光就会照耀大地，接着另一场暴风雪又开始了。天气好的时候，爸爸就抓紧时间工作，他先是劈了很多木柴，为下一次暴风雪做准备，然后到梅溪上游布下陷阱，再从盖满积雪的干草堆中取一些干草搬到牛棚里。只要天气晴朗，即使不是星期一，妈妈也要把衣服洗好，然后挂到晾衣绳上晾干。在这样的好天气里，劳拉和玛丽也不用做功课，她们穿上厚厚的大衣，和凯莉一起到屋外的阳光下玩耍。

然后，暴风雪再次来临，不过，爸爸妈妈已经把一切都准备妥当。

如果星期日恰好是个好天气，他们就会听到从教堂传来响亮悦耳的钟声，这时，全家人都会站在门外静静地聆听。

他们不能去主日学校，因为走到半路很可能会遇到暴风雪。不过，每到星期日，他们都会在家里上主日学校的课程。

劳拉和玛丽背诵《圣经》里的章节，妈妈给她们读《圣经》故事。然后，爸爸用小提琴拉起赞美诗的旋律，大家一起唱圣歌，他们唱道：

当天空乌云密布时，
阴影投射到大地上，
希望之光点亮我的道路，
因为上帝将我的手紧握。

每个星期日，大家都会伴着爸爸演奏的乐曲，轻声合唱：

我最亲爱的安息日学校，
胜过任何华丽的宫殿，
我从心底为你感到喜悦，
我亲爱的安息日学校。

37. 漫长的暴风雪

　　一天傍晚时分，暴风雪渐渐停息，爸爸说："明天，我要去镇上一趟，买些烟草，顺便打听一下有什么新消息。卡罗莱，你有什么需要的吗？"

　　妈妈说："查尔斯，你还是不要去了，暴风雪随时会来的。"

　　爸爸说："明天不会有事的，这回的暴风雪下了三天，明天肯定是个好天气。况且，家里的木柴足够我们度过下一场暴风雪了，我到镇上去的时间很充足。"

　　妈妈只好同意，说："好吧，既然这样，查尔斯，你答应我一件事，如果暴风雪来了一定要留在镇上，等到雪停再回来。"

　　爸爸答应道："在那样的天气里，如果我手里不抓着绳子，绝对不会往前走半步的。不过，卡罗莱，你不需要为我太过担心。"

　　妈妈说："我还是不放心你出去，我总觉得这样做有些愚蠢。"

　　爸爸笑着说："我去搬一些木柴进来，即使我困在镇上回不来，你们也可以取暖。"

　　他先把木柴箱装满，然后又在它周围高高地堆了一圈木柴。妈妈叮嘱他多穿一双袜子，这样就不会冻脚了。于是爸爸脱掉靴子，接过妈妈拿给他的厚羊毛袜子，这是妈妈新织好的羊毛袜，非常温暖。

　　妈妈说："你要是有一件牛皮大衣就好了，那件旧大衣已经磨薄了。"

爸爸开玩笑地说："你要是有一些珠宝就好了。卡罗莱，别担心，春天很快就来了。"

爸爸穿上那件破旧的大衣，系好腰带，戴上厚毡帽，微笑地看着她们。

妈妈仍然不放心，对爸爸说："查尔斯，外面那么冷，把耳罩放下来吧。"

爸爸说："今天早上很温暖，让我听一听寒风吹口哨吧！你和孩子们好好在家等我回来。"爸爸向劳拉眨眨眼睛，关上门出发了。

劳拉和玛丽做完家务后，拿出书本准备学习。屋子里是如此整洁舒适，劳拉怎么看也看不够。

黑色的炉灶擦得亮闪闪的，上面煮着一锅豆子，正咕嘟咕嘟地冒着泡泡，烤面包的香味从烤箱里飘出来。阳光从窗户上斜射进来，金色的光芒和两旁的粉色花边窗帘互相衬托，相得益彰。餐桌上铺着红格子桌布，架子上摆放着一座钟表，旁边是凯莉的小花狗和劳拉精美的首饰盒。还有那个笑靥如花的牧羊女摆件，站在棕色的木制托架上。

妈妈把针线篮子拿到窗户边，在摇椅上坐下来，然后让凯莉坐在她腿边的脚凳上，把识字课本上的字母念给她听。凯莉一边大声念出"ABC"，一边有说有笑地看图片，她还很小，不喜欢安安静静地学习。

钟表的指针走到十二点，劳拉先看看摇晃的钟摆，又看看圆盘上走动的指针，心想："爸爸该回来了。"豆子煮熟了，面包也烤好了，只等着爸爸回来吃午饭。

劳拉时不时看向窗外，突然发现阳光发生了奇怪的变化。

她连忙大喊："妈妈！太阳的颜色变得好奇怪。"

妈妈抬头看去，不禁吓了一跳，急忙起身走进卧室。她在卧室里看了看西边的天色，然后默默地走出来。

她说："孩子们，你们放下书本，穿好衣服，再去搬一些木柴进来。如果爸爸还没有启程回家，他恐怕要留在镇上了，我们需要储备更多的木柴。"

　　劳拉和玛丽站在木柴堆旁边，看到乌云正在逼近，便立即转身往回跑。可是一切都来得太快了，她们只搬了一趟，暴风雪就铺天盖地地落下来，鹅毛般的雪片在呼啸的寒风中横冲直撞，转眼间把台阶盖得严严实实，妈妈说："不用再搬了，暴风雪不会太久的，爸爸也许一会儿就回来了。"

　　玛丽和劳拉脱掉外衣，走到火炉边取暖，一起等爸爸回来。

　　屋外狂风肆虐，窗外又变成白茫茫一片，钟表的指针一圈一圈向前移动，时间从一点变成两点。

　　妈妈盛了三份热气腾腾的豆子，又给每人切了一小片香喷喷的面包，对她们说："孩子们，你们先吃饭吧，爸爸一定是留在镇上了。"

　　她忘了给自己也盛一份，要不是玛丽提醒她，她甚至忘记了吃饭。妈妈勉强吃了几口，她说自己还不饿。

　　雪越下越大，狂风刮得房子微微颤动，爸爸已经把门窗封得严严实实，可还是阻挡不了冷风和小雪珠从缝隙中钻进来。

　　妈妈说："爸爸肯定留在镇上了，今晚回不来了，我要去牛棚把杂活做完。"

　　她穿上爸爸的工作服和旧马靴，高高的靴筒和她小巧的脚很不相称，不过这样才可以挡住积雪。然后，她又戴上了帽子和手套。

　　劳拉问："妈妈，我可以陪你去吗？"

　　妈妈说："不行。你们听我说，小心看着炉子里的火苗，除了玛丽，谁都不可以碰火炉。不管我去多久，你们谁都不许出去，一直到我回来才可以开门。"

　　她挎上牛奶桶，走入风雪之中，抓住晾衣绳，随后关上了大门。

　　劳拉跑到窗户边，可是玻璃上满是积雪，根本看不见妈妈。她只看到雪花疯狂地拍打着玻璃，狂风不停地尖叫着、怒吼着，听起来好像一群人在争论不休。

　　妈妈应该会紧紧抓着晾衣绳，一步一步往前走，她先走到晾衣竿那里，再摸着绳子继续向前走。在这样猛烈的暴风雪中，她看不清前方的路，雪花刮伤了她的脸颊。现在，妈妈一定走到牛棚门口了。

　　她打开门，狂风卷着雪花吹进牛棚，她转过身迅速关上门，然后把门插好。牛棚里既安静又温暖，动物呼出一阵阵白雾，厚实的草皮房顶将暴风雪挡在外面。山姆和大卫转过头对着妈妈嘶鸣，奶牛和小牛哞哞地叫起来，小鸡们在地上啄来啄去，还有一只大母鸡总是咯咯咯地叫个不停。

　　妈妈用干草叉把每个畜栏都清理干净，先把潮湿的草垫扔到粪堆上，再把食槽里剩下的干草叉出来，给它们重新铺一个干净的床睡觉。

她还要从干草堆上搬一些新鲜的干草放到食槽里，把四个食槽全部填满，山姆、大卫、斑点和小牛一定会津津有味地咀嚼着美味的干草，它们应该不会口渴，因为爸爸临走之前喂它们喝过水了。

爸爸在萝卜堆旁边留了一把刀，妈妈用这把刀把萝卜切碎，往每个食盒里都放了一些，动物们都咔嚓咔嚓地嚼起香脆的萝卜来。妈妈给母鸡的水盘添满水，然后又给它们剥了些玉米，最后放了一个萝卜让它们啄食。

接下来，她肯定要挤牛奶了。

劳拉等啊等啊，她想妈妈一定已经挂起挤牛奶时坐的凳子，然后仔细地锁好牛棚的门，再抓着绳子往回走了。

可是，劳拉等了很久，妈妈还没回来，她决定再等一会儿。风更大了，整个屋子也跟着轻轻晃动起来，细小的雪珠像白糖一样撒在窗台上，从窗缝中吹进来，落到地上，但并没有融化。

劳拉裹着头巾瑟瑟发抖，她盯着白茫茫的玻璃窗，眼前是雪花在空中盘旋，耳边是狂风在窗外呼啸，她的脑海中又浮现出爸爸说的那一幕——爸爸妈妈出去没有回来，家里的孩子烧掉所有家具取暖，最后还是冻死了。

劳拉终于坐不住了，炉火烧得很旺盛，可是只有炉子旁边才真的暖和。劳拉把摇椅向火炉旁推了推，让凯莉坐到摇椅里，凯莉摇来摇去，玩得开心极了，而劳拉和玛丽继续焦急地等待妈妈回来。

门终于开了，劳拉飞快地扑到妈妈怀里，玛丽接过妈妈手里的牛奶桶，劳拉帮她摘下帽子。妈妈冻得牙齿发抖，说不出话来，姐妹俩帮她把工作服脱了下来。

她说的第一句话是"桶里还有牛奶吗"。

只有桶底剩下了一点牛奶，还有一些冻在了桶壁上。

妈妈说："风太大了。"她对着手呵了一口气，然后把油灯点亮，放在窗台上。

玛丽不解地问："妈妈，你为什么要这么做？"妈妈回答："你们不觉得灯光映在雪地上很漂亮吗？"

她休息了一会儿，大家便开始吃晚饭了，晚饭是面包和牛奶。吃完饭，所有人都坐在火炉旁，耳边传来屋外的风雪声，狂风在咆哮，吹得房子轻轻地摇晃，雪花嗖嗖地打在玻璃窗上。

妈妈说："咱们别坐着了，我们玩'豌豆稀饭热'的游戏吧！玛丽，你和劳拉一组，凯莉，把你的手举起来，我们要做得比玛丽和劳拉还快！"

于是，大家玩起了"豌豆稀饭热"，她们拍手的节奏越来越快，直到嘴巴跟不上拍手的节奏，说得乱了套，把所有人都逗笑了。做完游戏，玛丽和劳拉去清洗晚餐时用的杯子，妈妈便坐下织起毛衣来。

凯莉还想继续玩"豌豆稀饭热"，于是玛丽和劳拉轮流陪她玩，每当她们停下来的时候，凯莉就会嚷着："再来！再来！"

屋外的风雪依然没有停下来的趋势，劳拉和凯莉拍着手，唱道：

> 有人喜欢吃热的，有人喜欢吃冷的，
> 有人喜欢放在锅里九天——

火炉的烟囱里突然冒出火焰，劳拉看了大声尖叫："妈妈！着火了！"

一个火球从烟囱里滚下来，个头比妈妈的毛线团还大，从火炉里一直滚到地板上。妈妈见到火球冲出来，急忙跳起来，抓起裙子盖住火苗，然后想用双脚把火踩灭。可是，火球又从她脚下窜出来，向刚才掉到地上的毛衣烧过去。

妈妈想把火球扫进灰盘里，不过它却沿着织针来回打起转来。这时，另一个火球从烟囱里滚下来，紧接着是第三个。织针掉到地上，火球也跟着落下来，万幸的是它并没有点燃地板。

妈妈大叫:"我的老天爷!"

她们看着几个火球在地上滚动,突然,三个火球变成了两个,然后全部消失不见了,谁也不知道它们跑到哪里去了。

妈妈吓坏了,说:"我第一次见到如此奇怪的事。"

杰克背上的毛都竖了起来,它走到门口,仰头尖叫起来。

玛丽蜷缩在椅子上,双手捂住耳朵,央求地说:"我的天,杰克,别叫了。"

劳拉跑过去,想把杰克抱起来,可是杰克躲开劳拉,走回自己的角落里,两只爪子垫在鼻子下,它身上的毛依然竖着,一双眼睛在黑暗里闪闪发光。

妈妈抱起凯莉,劳拉和玛丽也挤到摇椅上,她们不安地听着暴风雪的吼叫声,看着杰克闪亮的眼睛。这时,妈妈说:"孩子们,快去睡觉吧,你们越快进入梦乡,早上就越快到来。"

她亲吻了每个人,并且说了晚安,玛丽先爬到阁楼上去了,而劳拉爬到一半停下来,低头看到妈妈正在烤凯莉的睡衣,劳拉低声问:"爸爸真的留在镇上了,是吗?"

妈妈没有抬头,她用愉快的语调说:"当然了,这个时候,他一定是和费奇先生坐在火炉旁,一边讲故事一边说笑话呢。"

劳拉听完就去睡觉了。深夜里,她醒过来,从楼梯的缝隙里看到楼下依然亮着灯光,于是偷偷溜下床,跪在地上向下望。

妈妈一个人坐在椅子上,低头安静地坐在那里。她没有睡觉,眼睛看着放在膝盖上的双手发呆,油灯依然挂在窗户上,发出亮光。

劳拉向下望了很久,妈妈一直没有动,窗口的灯光也一直亮着。狂风呼啸,卷着雪花在黑暗的夜空中狂舞,最后,劳拉又默默地回到床上,躺在被子里瑟瑟发抖。

38. 游戏时光

劳拉再醒来时，已经是第二天早上了，妈妈很晚才叫她起床吃早饭。暴风雪愈加猛烈，窗户上结了厚厚的冰花，在如此密实的房子里，地板上和床罩上还是撒满了糖粒大小的雪珠。阁楼上太冷了，劳拉一把抓起衣服，快速爬下楼梯，走到火炉边穿衣服。

玛丽已经穿好了衣服，正在给凯莉系扣子。桌子上放着热气腾腾的燕麦粥、牛奶、黄油和新出炉的面包。天色灰蒙蒙的，玻璃窗上都结了厚厚的霜。

妈妈站在火炉旁，仍然冷得直哆嗦，她说："我要去牛棚干活了。"

她穿上爸爸的靴子和工作服，围上自己的大披巾，然后告诉玛丽和劳拉，她这次出去的时间会更长，因为她必须给马和牛喂水。

妈妈走了之后，玛丽觉得很害怕，静静地等着妈妈回来。可是劳拉受不了这样沉闷的气氛，她对玛丽说："来吧，我们也有工作要做。"

她们先把盘子洗干净，然后抖掉床罩上的小雪珠。屋子里实在太冷了，于是她们到火炉边取暖，并且擦去炉灶上的灰尘。最后，玛丽把木柴箱清理干净，劳拉便负责打扫地板。

妈妈还没回来，劳拉又拿起抹布，把窗台、板凳和妈妈的摇椅通通擦得一尘不染，她还站到凳子上，十分小心地擦拭托架、钟表，还有小花狗装饰品和自己心爱的首饰盒，唯独没有擦那个漂亮的牧羊女摆件，因为妈妈从不让任何人碰它。

劳拉忙着打扫灰尘的时候，玛丽给凯莉梳理好头发，将红格子桌布铺到餐桌上，然后拿出了书本和石板准备学习。

这时，披屋的门开了，寒风嗖嗖地吹进来，落了一地的雪花，妈妈终于回来了。

妈妈的裙子和披巾都冻得硬邦邦的，上面结了一层冰花，因为她不得不到井边给动物们打水喝，当她往牛棚里提水的时候，风吹得水花溅到身上，遇到冷空气便立刻冻成了冰。等她回到牛棚时，桶里的水已经不够多了，不过多亏了有这条冻住的披巾保护，妈妈这次提回来的牛奶几乎一点儿也没洒出去。

她稍作休息，又要出去搬一些木柴进来，劳拉和玛丽也想跟着去，可是妈妈说："不行，你们还太小，这么大的风，恐怕要把你们卷走了，还是我去搬木柴，你们给我开门就行了。"

妈妈搬了许多木柴进来，把木柴箱里里外外都堆满了。她们让妈妈坐下休息，然后拿起抹布把地上融化的雪水擦干净。

妈妈说："你们真是我的好孩子。"她抬头看看四周，夸奖她们把家里收拾得井然有序，然后对她们说："你们去学习吧。"

于是，劳拉和玛丽坐下来开始读书。劳拉盯着书页却一点儿也学不进去，听到窗外哭号般的风声和玻璃上雪花的拍打声，她不禁为爸爸感到担心。突然，她发现书页上的字迹模糊起来，一滴水珠滚落下来。

她觉得很难为情，就连凯莉哭了也会难为情的，何况劳拉已经八岁大了呢。她偷偷看向玛丽，想知道她有没有发现自己掉下的眼泪，她看到玛丽皱起眉头紧闭双眼，嘴巴在不停地颤抖着。

妈妈说："孩子们，你们今天不用学习了，咱们来做游戏怎么样？让我想一想，玩'墙角里的猫咪'怎么样？"

她们开心地回答："太好了！"

劳拉站到一个墙角里，玛丽站到另一个墙角里，凯莉站到第三个墙角里，屋子里只有三个墙角，因为最后一个墙角放着炉灶。妈妈站在屋子的中间，大声说："可怜的猫咪，它要躲进墙角里！"

话音刚落，大家都跑起来，去抢别人的墙角，杰克也兴奋地跑起来。妈妈躲进了玛丽的墙角，所以玛丽变成了可怜的猫咪，然后劳拉绊到杰克身上摔了一跤，她也没能抢到位子，凯莉笑着跑来跑去，刚开始总是走错墙角，不过她很快就学会怎么玩了。

她们跑呀叫呀笑呀，直到累得气喘吁吁才停下来，大家都需要休息一会儿。这时妈妈说："把石板递给我，我来给你们讲一个故事。"

劳拉问："给我们讲故事，为什么要用石板？"她将石板放到妈妈膝上。

妈妈说："一会儿你就知道了。"说完，她就一边讲故事，一边在石板上画起画来：

在遥远的森林里，有一个池塘，
池塘里有许多游来游去的小鱼，
池塘边有两个农夫，分别搭了两个小帐篷，
因为他们还没有盖房子。

他们经常到池塘边钓鱼，
所以踩出了两条弯曲的小路。
距离池塘不远处，
有一座带窗户的小房子，
里面住着一个老爷爷，和一个老奶奶，

一天，老奶奶来到池塘边打水，

她看到池塘里的鱼都飞了出来，

老奶奶赶快跑回家，

对老爷爷说："鱼都从池塘里飞出来了！"

老爷爷从房子里探出头，

翘起他的长鼻子，

张望了一会儿，说："哼，只是一群小蝌蚪，有什么大惊小怪的！"

凯莉大喊一声："是一只鸟！"她拍着手大笑，一不小心从凳子上滚下来。劳拉和玛丽也笑了，并且央求着说："妈妈，再给我们讲一个吧，求你了！"

妈妈笑着答应了，又讲了一个有趣的故事。

她在石板上画了好多画，让玛丽和劳拉仔细看这些画，想看多久都行。过了一会儿，她问："玛丽，你能把这个故事讲出来吗？"

玛丽回答："能！"

妈妈把石板擦干净，递给玛丽说："你边讲边在石板上画下来吧。"她又对劳拉和凯莉说："我教你们玩一个新游戏。"

她把自己的顶针放到劳拉手里，又把玛丽的顶针递给凯莉，然后教她们在冻满冰霜的玻璃上按圈圈，于是她们就在玻璃上作起画来。

劳拉用这些小圆圈画出一棵圣诞树，还有一群飞翔的小鸟；她又画了一座木房子，屋顶的烟囱里冒着烟，她还画了一个圆胖胖的男人和一个圆胖胖的女人。凯莉还不会画画，只是按出了许多个小圆圈。

她们沉浸在自己的世界里，甚至忘记了时间，当她们画完的时候，天已经快黑了，妈妈看着她们，露出了满意的笑容。

她说："我们都忙着做自己的事情，连午饭都忘了吃。现在，快来吃晚饭吧。"

劳拉问："你不用去牛棚干杂活吗？"

　　妈妈说："今天晚上不用了，早上我喂它们喝水时，给它们添了足够吃到明天的干草，暴风雪也许到明天就会停了。"

　　听到妈妈提起这可怕的天气，大家的心情一下子变得低落，凯莉呜呜地说："我想爸爸！"

　　妈妈把食指放在唇边，对她说："嘘，凯莉！"凯莉很听话，立即安静下来。

　　妈妈语气坚定地说："我们不用担心。"她把油灯点亮，又说道："快来吃晚饭吧，然后我们早点睡觉。"

39. 第三天

　　房子在风中摇晃了一夜，这场暴风雪已经下到第三天了，不但没有减弱，反而变得更加恶劣，狂风肆虐的声音让人听了胆战心惊，大雪如冰雹一样猛烈地砸向窗户。

　　妈妈准备去牛棚，出门之前对她们说："孩子们，吃早饭吧，一定要小心炉火。"说完，便转身走进暴风雪中。

　　妈妈去了很久才回来，就这样又过了一天。

　　这是阴暗而又漫长的一天，大家都挤在火炉旁边取暖，可是依然感到有阵阵凉气从背后袭来。凯莉十分焦躁不安，妈妈的笑容也显得疲惫，劳拉和玛丽假装认真地看书，可是根本看不进去。钟表上的指针走得慢极了，好像停了一样。

　　终于，窗外灰白色的光线渐渐褪去，夜晚又来临了。明亮的灯光照亮墙板和窗户。如果爸爸在家的话，一定会拉起小提琴，全家人会在悠扬的琴声中愉快地歌唱。

　　妈妈说："哎呀，不要傻坐着了，我们玩翻绳好不好？"

　　大家都无精打采的，杰克的晚饭一点也没有吃，沮丧地叹了口气，待在自己的角落里。玛丽和劳拉默默地相对而视，然后劳拉说："不了，妈妈，我们想睡觉了。"

她和玛丽钻进冰冷的被窝里，背对背紧紧地互相依靠着，在这样凛冽的寒风中，整座房子都战栗着，发出咯吱咯吱的响声。大雪纷纷扬扬地落下，一团团，一簇簇，仿佛无数被扯碎了的棉花球翻滚着砸向屋顶。劳拉把脑袋缩进被窝里，盖得严严实实。暴风雪的嘶吼声比狼的号叫声更可怕，她突然感觉到有两行冰冷的泪水从脸颊上流了下来。

40. 第四天

清晨，狂风的咆哮声消失了，只剩下连续不断的哀号声，房子不再摇晃，稳稳地站立在风中，只是炉火虽然烧得旺盛，却难以为房间里增添更多的暖意。

妈妈说："屋子里越来越冷，先不要做家务了，披上你们的头巾，带着凯莉坐到火炉边去。"

妈妈很快从牛棚回来了，劳拉发现东边的窗户上透过微弱的阳光，她跑过去对着窗户哈气，在厚厚的冰霜上抠出一个小洞，从小洞里看到了屋外明媚的阳光！

妈妈向外看了看，然后玛丽和劳拉轮流向外看，风吹得积雪犹如荡漾着的白色波浪，天空像一块蓝色的大冰块，冰冷的空气托着雪花在空中纷飞。阳光从玻璃上照进来，却感受不到一丁点儿温暖，与背阴处没有什么区别。

劳拉正向外望着，突然瞥见一个黑影闪过，一只身形高大、浑身是毛的野兽在风雪中艰难地行走，她认为那应该是一头熊。只见它步履蹒跚地走到房子拐角的后面，巨大的身影映在前厅的窗户上，劳拉吓得大叫："妈妈！"这时，门突然开了，雪花飘洒进来，紧接着那只毛茸茸的野兽竟然走了进来。它抬起头看向大家，那是爸爸的眼睛，接着又传来爸爸的声音："我不在家的这些日子，你们乖不乖呀？"

听到爸爸的声音，妈妈、劳拉、玛丽和凯莉全都跑过来，激动得流下了喜悦的泪水。妈妈帮他脱掉大衣，上面的雪花散落一地，爸爸把大衣扔到地板上。

妈妈说："查尔斯，你身上都冻僵了！"

爸爸说："就快了，我实在太饿了，就像一只饿狼，让我坐到火炉边暖和一下。卡罗莱，给我弄点吃的来吧。"

他的脸瘦了很多，显得眼睛特别大，他坐到火炉边仍然不停地颤抖着。他说自己只是觉得很冷，并没有冻伤，妈妈很快热好了一碗豆子汤递给他。

爸爸说："太好了，这下可暖和多了。"

妈妈帮他脱掉靴子，他把脚抬起来，放到火炉边取暖。

妈妈问："查尔斯，你究竟……"妈妈的脸上挤出一丝笑容，可是嘴唇却在颤抖。

爸爸说："卡罗莱，不要担心了，我不是好好地回来了吗。"他抱起凯莉，放到膝上，两只手分别搂着劳拉和玛丽，问："玛丽，你心里怎么想的？"

玛丽回答："我想你会回来的。"

"这才是我的好孩子！劳拉，你呢？"

劳拉说："我不相信你留在镇上和费奇先生聊天，我……我一直努力为你祈祷。"

爸爸又问妈妈："卡罗莱，你说一个男人怎么能不回家呢？再给我盛一碗汤，然后我把整个经过讲给你们听。"

爸爸休息了一会儿，就着豆子汤吃了点面包，然后又喝了热茶，他头发和胡子上的冰碴融化了，弄得湿答答的，妈妈用毛巾帮他擦干。他握着妈妈的手，让她坐到身边，问："卡罗莱，你知道这样的天气意味着什么吗？它意味着明年我们的小麦会大丰收！"

妈妈说："查尔斯，这是真的吗？"

"明年夏天，蝗虫不会来了。我在镇上听说，只有炎热干燥的夏天和温暖的冬天才会闹蝗灾。瑞雪兆丰年，我们明年一定会大丰收的。"

妈妈平静地说："查尔斯，那真是太好了。"

"他们在商店里一直议论这件事，我觉得该启程回家了，就在我刚要离开的时候，费奇把一件水牛皮大衣拿给我看。他说有个人要赶最后一班火车去东部，可是没钱买票，于是将这件大衣便宜卖给了他，他愿意十美元卖给我。虽然十美元也不少，但是……"

妈妈打断了他，说："查尔斯，我很高兴你能买下这件大衣。"

"事实证明，幸好我买下了它，尽管那时我还不知道这一点。去城镇的路上，大风吹透了我的衣服，天气冷得能冻掉鼻子，我的旧大衣的确挡不住这么猛烈的风。所以，当费奇说我可以等到明年春天，用卖毛皮赚的钱来支付这件大衣时，就毫不犹豫地把它穿上了。

"我走出商店，来到大草原上，看到西北边出现一团乌云。不过那团乌云面积不大，离这里也很远，所以我想应该能避开它，及时赶回家。想到这里，我便加快脚步往家里赶，可是还没走到一半的路程，就被困在了暴风雪中，雪下得太大了，伸手不见五指。

"如果暴风雪从西北边吹来，只要一直往北走，风就会吹在左边的脸颊上，这样我还能辨别方向。可是，这场暴雪从四面八方落下来，让人摸不清方向。不管是谁，遇到这样的暴风雪，都会无能为力的。

"我想，既然弄不清楚方向，只要往前走就没问题，于是我继续往前走，走了一段时间才发现迷路了。我刚好走了两英里的路，可是还没有到梅溪，这时我不知道该往哪边走，所以只好继续往前走。在暴风雪过去之前，我不能停下来，要不然会冻死的。

"于是，我又加快脚步继续赶路，什么也看不见，简直就像个盲人一样，耳边只有怒吼的狂风，天地间只剩下白茫茫的一片。你们有没有注意到，在暴雪中好像有各种声音在头顶咆哮和尖叫？"

劳拉深有体会地说："没错，爸爸，我听到了。"

玛丽也说："我也听到了。"妈妈赞同地点点头。

劳拉又说："还有燃烧的火球。"

爸爸不解地问："什么火球？"

妈妈说："劳拉，等会儿再说那件事。查尔斯，你继续讲，后来你怎么办了？"

爸爸回答："我继续往前走，周围的光线渐渐暗下来，然后变得漆黑一片，我知道一定是天黑了。我已经走了四个多小时，可是暴雪总要持续三天三夜，所以我不能停下脚步。"

爸爸停顿了一下，这时妈妈插了一句，说："我把油灯挂在窗户上，希望你能看见。"

爸爸说："我根本看不到，我努力向四周看，可是眼前只有一片黑暗。突然，我脚下踩空了，掉进了一个至少十英尺深的洞里，也许还要更深。

"我不知道发生了什么事，也不知道自己在哪里，但是风消失了，暴雪在我头顶呼啸，而我掉下来的这个地方非常宁静。我向四周摸了摸，有三面都是一人多高的雪墙，有一面是光秃秃的泥土墙，墙底向后倾斜。

"我马上想到自己掉进了草原上干涸的水沟里了，我爬到泥土墙凹进去的地方，这样一来，头顶和身后都是坚实的泥土，我感到舒适又温暖，就像一只在洞里冬眠的熊。这里没有寒风，我身上又穿着温暖的水牛皮大衣，一定不会冻僵了。我实在太累了，就蜷着身子睡着了。

"卡罗莱，幸好我买了那件大衣，又戴了一顶带耳罩的厚帽子，还多穿了一双厚袜子。

"我醒来时，听到暴雪还在下，但是不那么猛烈了。我的面前堆满了积雪，我呼出的热气把它融化了，然后再结成冰。我掉下来的那个洞已经填上了，上面至少有六英尺厚的雪，不过下面的空气还不错。我活动了一下四肢，又摸了摸鼻子和耳朵，确定自己没有冻伤。我依然能听到风雪交加的声音，所以又睡着了。

"卡罗莱，已经过去几天了？"

妈妈说："已经三天三夜了，今天是第四天。"

爸爸又问玛丽和劳拉："你们知道今天是什么日子吗？"

玛丽猜道："是星期日吗？"

妈妈说："明天就是圣诞节了。"

劳拉和玛丽完全忘了圣诞节的事情，劳拉问："爸爸，你这几天一直在睡觉吗？"

爸爸说："我睡醒之后感到肚子饿，所以又接着睡了一会儿，直到饿得再也睡不着了。我带回来一些圣诞饼干，它们就放在水牛皮大衣的口袋里，于是我拿出一把饼干吃起来，吃完饼干又觉得口渴，我就抓了一把雪放进嘴里。接下来，我能做的事只有躺在原地，等待暴风雪过去。

"卡罗莱，每次想到你和孩子们，想到在这样的大雪天，你还要出去干杂活，我都恨不得马上回到家，可是我知道，只有等到暴雪停了才能回家。

"于是，我继续等啊等啊，肚子又饿得咕咕直叫，只好把剩下的饼干也都吃了。这些小饼干还没有我的拇指大，吃了足足半磅还没饱。

"我又继续等啊等，困了就睡一会儿，再醒来时应该又是黑夜了。我侧耳倾听，只能隐隐约约听到一点暴雪的声音，说明地上的雪越来越深了。不过，洞里的空气还很好，我的身体也没有冻僵。

"我想继续睡觉，但是太饿了，根本睡不着。孩子们，有件事我本来不想做的，可是最后还是做了，我从旧大衣的口袋里拿出圣诞糖果，把它们都吃光了，对不起。"

劳拉和玛丽从左右两边抱住他，她们都紧紧地抱着，劳拉说："哦，爸

爸，我很高兴你这么做了。"

玛丽也说："爸爸，我也是，我也是！"

爸爸说："我们的小麦明年收成一定不错，不用等到圣诞节，你们就能吃到糖果了。"

劳拉问："爸爸，糖果好吃吗？你吃完之后感觉好多了吗？"

爸爸说："很好吃，吃完就觉得好多了。后来，我又睡着了，昨天我几乎睡了一天一夜。我突然醒过来，坐起身仔细听，发现什么声音也听不到了。究竟是暴雪把我埋得太深了，还是它已经停了？我努力地听，可还是没有动静，只是一片寂静。

"我开始像獾一样不停地挖雪，很快就挖到了地上。孩子们，你们猜我在哪里？我居然就在梅溪岸边，劳拉，就在我们放置捕鱼笼的地方。"

劳拉惊讶地说："哎呀，我能从窗户看到那里。"爸爸说："没错，我从那里也能看到咱们的房子。"原来，在这漫长的暴风雪中，爸爸竟然就在家附近，要不是暴雪挡住了一切光线，爸爸一定能看到窗口的灯光。

爸爸接着说："我的两条腿都麻木了，几乎站不起来，但是我一看到咱们的房子，就马上精神一振，拼尽全力走了回来！"他讲完整个经历，紧紧抱了一下劳拉和玛丽。

随后，他走到水牛皮大衣旁，从口袋里取出一个光滑明亮、方方正正的罐头瓶，对大家说："你们猜，我给你们带了什么圣诞礼物？"

她们纷纷摇头。

爸爸大声宣布："是牡蛎！新鲜味美的牡蛎！我买的时候它就冻得这样结实，现在一点儿也没融化。卡罗莱，把它放到披屋里去，这样就能一直冻到明天了。"

劳拉摸了摸罐头，感觉冰凉冰凉的。

爸爸高兴地说："我吃光了饼干，也吃光了圣诞糖果，但是，我把牡蛎带回来了！"

41. 平安夜

平安夜的傍晚，爸爸提早到牛棚去干杂活，杰克寸步不离地跟着他，好像生怕他再从眼前消失。

爸爸进来时，大衣上落满了雪花，他跺跺鞋上的积雪，然后脱掉旧大衣和帽子，把它们挂在披屋门边的墙上，说："风又刮起来了，今天晚上又会有一场暴风雪来临。"

妈妈说："查尔斯，只要你在家里，再来几场暴风雪都不怕。"

杰克安心地趴在地上，爸爸坐到火炉边暖手。

他对劳拉说："劳拉，把小提琴盒子递给我，我拉几首歌给你听。"

劳拉把小提琴盒子递给他，他先给小提琴调准音，然后给琴弓上好松香。接着，屋子里就响起了欢快的音乐，妈妈这时正在准备圣诞大餐。

> 哦，查理是个不错的小伙子，
> 他长得可真英俊，
> 他喜欢亲吻女孩子，
> 他做起这件事来得心又应手！
>
> 我不想要你那生虫的小麦，

也不想要你那粗糙的大麦，

我想在半小时内得到上好的面粉，

给我亲爱的查理烤一块蛋糕！

欢快的曲调伴随着爸爸欢快的歌声，凯莉听了拍手大笑，劳拉更是高兴得手舞足蹈。

这时，小提琴变了曲调，爸爸唱起一首甜美的歌曲《百合花谷》。

今夜是个宁静祥和的夜晚，

月光皎洁又明亮，

轻盈地洒向小山和山谷……

妈妈在炉灶边忙碌着，玛丽和劳拉坐着聆听，琴声随着爸爸的歌声忽高忽低。

玛丽把盘子摆放好，

摆放好，摆放好，

玛丽把盘子摆放好，

我们一起来喝茶！

玛丽听了马上跑过去，把盘子和杯子从橱柜里取出来，劳拉见了心急地嚷道："爸爸，我要做什么呢？"于是，爸爸降了一个音调继续唱起来。

劳拉把它们都收走，

都收走，都收走，

劳拉把桌子擦干净，

等我们吃完离开后！

劳拉听懂了，爸爸让玛丽摆桌子，吃完晚饭后，她负责收拾餐具。

屋外的狂风刮得愈加猛烈，雪花在风中旋转，嗖嗖地拍打着窗户，而他们的房子里燃着温暖的炉火，点着明亮的灯光，充满了爸爸欢快的琴声，真是一派其乐融融的景象。玛丽在摆桌子，盘子发出叮当的清响，凯莉轻轻晃着摇椅，妈妈在桌子和炉灶之间来回忙碌着，脚步轻快而温柔。她把满满一盘金黄诱人的烤豆子放到桌子中央，然后从烤箱里拿出一盘黄色的玉米面包，空气中弥漫着一股甜甜的香味。

爸爸那欢快的歌声又响起来。

> 我是水上骑兵金克斯船长，
> 我把玉米和豆子喂给马儿吃，
> 我常常做这些本不用我做的事，
> 我是水上骑兵金克斯船长！
> 我是个海军上校！

劳拉轻轻抓了一下杰克的耳朵，拍拍它毛茸茸的额头，然后给了它一个温暖的拥抱。这一切是多么美好啊，没有了蝗虫，爸爸明年就可以收获小麦了；明天是圣诞节，全家人都能喝到鲜美的牡蛎汤；虽然没有礼物和糖果，但是劳拉还是那么高兴，因为爸爸正是吃了那些圣诞糖果，才能平安回到家，这已经让她心满意足了。

妈妈温柔的声音传来："开饭啦。"

爸爸将小提琴放回盒子里，站起身看着大家，蓝色的眼睛里闪烁着光芒。

他说："卡罗莱，你看呀，劳拉的眼睛多么明亮啊。"